Offenburg, die Ortenau und die Literatur

Ein Lesebuch zur Literaturgeschichte Mittelbadens

Gesammelt, erläutert
und herausgegeben von
Martin Ruch

Titelbild:

Sebastian Münster, Schwarzwaldkarte (Ausschnitt), 1544

Rücktitel-Bild:

Johann Jakob Sperli, Offenburg, 1824

November 2004

© KulturAgentur, Dr. Martin Ruch, Offenburg

Layout: Karoline Keune-Ruch

Herstellung und Verlag:

Books on Demand GmbH, Norderstedt

Printed in Germany ISBN 3-8334-1799-4

INHALT

VORBEMERKUNG

Dieses Lesebuch bietet einen chronologischen Gang durch die Geschichte der Literatur in und über Mittelbaden. Sicher ist diese Sammlung nicht vollständig: sie ist zum einen das Ergebnis zufälliger Funde, zum anderen eine persönliche Auswahl. Vom mittelalterlichen Minnesang bis zu Martin Walser, von Lebensgeschichten frommer Frauen aus der Zeit der Mystik bis zur spöttischen Kurzgeschichte und Reisebeschreibung Mark Twains, von kurzen Tagebucheinträgen Goethes bis zur lyrischen Impression aus der Gegenwart – so vielfältig, wie diese Landschaft zwischen Rhein und Schwarzwald ist, erweisen sich auch die Versuche, sie und ihre Menschen literarisch zu beschreiben. Ebenso vielfältig sind auch die literarischen Zeugnisse von Menschen, die aus dieser Region stammen und die sie aus subjektiver Perspektive schildern. So ist ein unterhaltsames Kaleidoskop der Eindrücke entstanden, eine bunte Bilderfolge aus Mittelbaden, der man aufmerksame Leserinnen und Leser wünscht.

GELEITWORT

Die Ortenau ist eine Region, in der sich Einheimische und Zugereiste gleichermaßen wohl fühlen. So verhält es sich auch bei mir. Ich lebe seit 34 Jahren hier, genauer gesagt in Hornberg, am Südportal der Ortenau.

Als Wirtschaftsvertreter liegt mir die Region mindestens genauso sehr am Herzen – auch oder gerade weil die Ortenau im Wettbewerb zu anderen Regionen eher eine Mindestgröße darstellt. Es besteht noch erheblicher Kommunikationsbedarf, um die ganz speziellen Vorzüge der Ortenau bekannt zu machen. Dazu zähle ich neben der einzigartigen Landschaft die geradezu ideale Zusammensetzung aus Tourismus, mittelständischer Wirtschaft und Produktion. Die Menschen sind weltoffen, flexibel und berechenbar. Ich schätze besonders deren Loyalität zu ihrem Unternehmen, was sicher mit dazu beiträgt, dass die Arbeitslosigkeit wesentlich unter dem deutschen Durchschnitt liegt.

Auch die Kulturgeschichte einer Landschaft ist ein bedeutender Standortfaktor. Sie lebt in diesem Buch in ganz besonderer Weise auf.

Den Lesern wünsche ich daher, dass sie sich von den zahlreichen Facetten dieses Buches genauso begeistern lassen wie von der Schönheit unserer einzigartigen und liebenswerten Ortenau.

Franz Kook
Vorstandsvorsitzender Duravit AG
Vorsitzender des Wirtschaftsbeirates
der Wirtschaftsregion Ortenau

STRASSBURGER EIDE, 842

Die wohl älteste literarische Spur in deutscher Sprache haben in unserem Raum die Straßburger Eide aus dem Jahr 842 gelegt. Damals trafen sich die zwei jüngeren Söhne des verstorbenen Frankenkönigs Ludwig der Fromme auf einem Feld bei Straßburg. Ludwig der Deutsche und Karl der Kahle schworen, sich gegenseitig im Kampf gegen den älteren Bruder Lothar beizustehen. Die Könige West- und Ostfrankens standen dabei an der Spitze ihrer Heere. Durch diese Zusammenkunft war die Entstehung Frankreichs und Deutschlands vorgezeichnet. Der Bündnisschwur der beiden Brüder gegen Lothar I. ist in althochdeutscher und romanischer Sprache abgefasst, wobei beide Herrscher sich der Sprache des Vertrags-partners bedienten, um von dessen Gefolgschaft verstanden zu werden, die in ihrer eigenen Sprache schwor. Der deutsche Schwur ist damit eines der ersten Sprachdenkmäler der deutschen Sprache:

In godes minna ind in thes christânes folches ind unsêr bêd-hero gehaltnissî, fon thesemo dage frammordes, sô fram sô mir got geuuizci indi mahd furgibit, sô haldih thesan mînan bru-odher, sôso man mit rehtu sînan bruodher scal, in thiu thaz er mig sô sama duo, indi mit Ludheren in nohheiniu thing ne gegango, the mînan uuillon imo ce scadhen uuerdhên.

(In Gottes Liebe und in des christlichen Volkes und unser bei-der Erlösung, von diesem Tage an fernerhin, sofern mir Gott Weisheit und Macht [dazu] gibt, so halte ich diesen meinen Bruder, so wie man mit Recht seinen Bruder soll, in dem daß [= damit] er mir dasselbe tue, und mit Lothar in keinen [einzi-gen] Dingen nicht [zusammen-] gehe, die meinen Willen ihm zu Schaden werden [lassen würden].)

In godes minna indunthes xpanes folches
indunser bedhero gealtnissi. fon thesemo
daga ge frammordesso framso mirgot
geuuizci indimadh furgibit sohaldihtes
an minan bruodher soso man mit rehtu
sinan bruher scal inthi utha zer mig soso
maduo · in dimir luheren in nohein ut
hing nege gango · zheminan uuillon imo
cef cadhen uuerhen ·

Oba karl theneid then er sine n obruodher
hidhuuuige gesuor geleistit · indilud
huuuig min herro thenerimo gesuor forbrih
chic · obihina nes iruuen denne mag · noh
ih noh theronoh hein thenihes iruuendenmag
uuidhar karle imoce follus ane uuirdhic ·

Straßburger Eide, 14. Februar 842.
Beginn: In godes minna ind in thes christianes folches …
Hs. 9768 National Bibliothek Paris

GOTTFRIED VON STRASSBURG, UM 1210

Auch der „Tristan" (um 1210) des Gottfried von Straßburg muß an dieser Stelle genannt werden, stellt doch auch er erste Literatur aus der unmittelbaren Nachbarschaft der Ortenau dar. Es handelt sich dabei um die traurige Liebesgeschichte von Tristan und Isolde, und der Dichter meint über diese Lovestory:

Wir lesen ir leben, wir lesen ir tôt
und ist uns daz süeze alse brôt.
(Wir lesen von ihrem Leben, wir lesen von ihrem Tod, und das ist uns so süß wie Brot)

Die Lebensumstände des Gottfried von Straßburg liegen im Dunkeln. Sein profundes Wissen läßt auf eine Ausbildung an einer Klosterschule oder Universität schließen. Über seine spätere berufliche Betätigung – wahrscheinlich in Straßburg – gibt es nur Vermutungen. Vieles spricht dafür, daß „meister Gotfrid" dem Straßburger Stadtbürgertum und nicht dem Adel oder der Geistlichkeit angehörte. Die Niederschrift des Tristan erfolgte wohl zwischen 1205 und 1210. Als Vorlage diente ihm der Tristan des Thomas d'Angleterre, der um 1170 entstanden und nur fragmentarisch überliefert ist. Gottfrieds Werk blieb unvollendet und bricht mit Vers 19548 ab.

BRUNO VON HORNBERG, UM 1300

Den Ortenauer Literatur-Boden betreten wir im Hochmittelalter mit einem Minnesänger, mit Bruno von Hornberg.

Das Geschlecht derer von Hornberc ist erstmals in einer Urkunde des Schwarzwaldklosters St. Georgen erwähnt und zwar 1132 in der Gründungsurkunde, wo die Brüder Bruno und Konrad von Hornberc vielleicht als Stifter genannt sind. 1212 sind wieder zwei Brüder, Bruno und Wernher von Hornberc bezeugt. 1290 erscheint erneut ein Brüderpaar, Bruno und Friedrich von Hornberg in den Urkunden. Sie haben einen weiteren Bruder, nochmals Bruno Wernher, der als Mönch des Klosters Himmelspforte zu Tennenbach bei Emmendingen bezeugt ist. Er soll 1310 die heute noch vorhandene gotische Kapelle zu Tennenbach erbaut haben. Der Name Bruno war also bei den Herren von Hornberg sehr häufig, und so ist es nicht sicher, welcher dieser vielen Brunos der Minnesänger ist. Ihr Wappen jedenfalls ziert das Bild des Minnesängers Bruno von Hornberg in einer im 14. Jahrhundert entstandenen Sammlung, der berühmten Manessischen Liederhandschrift: Bruno schaut vom Turm seiner Burg herab, mit gefesselten Händen blickt er zur Dame, die auf einem Apfelschimmel reitet. Das Bild (S. 89) nimmt direkt Bezug auf den Inhalt eines der vier überlieferten Lieder Brunos, in dem er davon spricht, daß er sich von der unerwiderten Liebe seiner angebeteten Hohen Frau wie gefesselt und gebunden fühlt.

Loup, gras, bluomen, vogelsingen
klage ich und den grünenen klê,
die der winter wil betwingen
und dar zuo der kalte snê.
So klag ich ein ander swaere:

Daz mir diu vil saeldebaere
ane schulde tuot so wê.

Ôwê, daz diu reine guote
Mîne swaere bnie bevant,
des ist mir niht wol ze muote.
Wie ist mîn dienest sô bewant,
daz ich ir niht mînen kumber
klagete, ich gouch, ich tôr, ich tumber:
und doch twingen mih ir bant!

Herre got, du gip die sinne
Der vil lieben frowen min,
daz sie erkenne, ob ich si minne;
herre, und dur die güete dîn,
du hilf mir, daz si bevinde,
daz ich diente ir ie von kinde
dur ir minneclîchen schîn.

Mîner frouwen minnestricke
hânt gebunden mir den lîp,
und ir liehten ougen blicke.
Ach, genâde, eîn saelic wîp,
du hilf mir von mînen sorgen,
die mîn herze hât verborgen,
al die swaere mîn vertrîp!

(Wie bedaure ich dich, buntes Laub, dich frisches Gras und auch der Vögel frohes Singen, beklag auch dich, mein grüner Klee – denn der Winter wird euch alle bezwingen, sein hartes Eis, sein kalter Schnee. Ebenso beklag ich diesen Schmerz: denn sie, die Vielgeliebte, Segensreiche, betrübt ohne Schuld mein armes Herz. – Ja, daß sie, die Reine, sie, die Güt'ge von meinem Schmerz nicht weiß, bekümmert mich so sehr. Warum, ach, läßt's mein Dienst nicht zu, meinen Kummer ihr zu klagen? O ich Narr, ich dummer Tor! Wie bin gefesselt ich von ihren Banden. – Herr Gott, laß sie doch erkennen, sie, meine vielgeliebte Frau, wie sehr ich sie liebe und verehre! Herr, Du hilf in Deiner Güte, daß sie empfinde, wie ich ihr schon als Knappe diente, von ihrem Liebreiz ganz entzückt. – Der Hohen Frau süße Minne fesselt wie mit Stricken mich, mehr noch Ihrer lieben Auge Blicke! Sei gnädig mir und hilf, o Gott, in meinen Nöten, die tief im Herzen mir verborgen, vertreib sie, ach, die Qualen und die Sorgen!)[1]

DIMRINGER VON STAUFENBERG, UM 1310

Um das Jahr 1310 erzählte Herr Egenolf von Staufenberg, der Burg oberhalb von Durbach, die Geschichte des Petermann, auch Diemringer von Staufenberg genannt. Der fromme, junge Edelmann, der am Heiligen Gab zum Ritter geschlagen worden war, verliebte sich in eine Melusine, was zunächst viel Glück bedeutete, aber letztlich tödlich für ihn endete.

> Von Stoufenberg was er geborn,
> daz lit in Mortenouwe,
> da mange schone frouwe
> sich lat in eren schouwen,
> der lob ist unverhouwen,
> wan sü vor wandel sint behuot
> (...)

Die früheste Version der Staufenbergsage ist diese mittelhochdeutsche Versnovelle. Mehrere frühe Drucke und Auflagen erweisen die jahrhundertelange Beliebtheit des kleinen Werkes (1992 hat Rita Breit erneut den Stoff aufgegriffen in „Abendland" für die Neue Züricher Zeitung, siehe S. 111 ff). Den Kern der Erzählung bilden der Pakt und die Verlobung mit der übernatürlichen Geliebten, der Bruch des Versprechens durch die Ehe mit einer anderen Frau und schließlich der Tod des treulosen Mannes beim Hochzeitsmahl. Die Melusine hatte ihn ja gemahnt:

> Aber nimst en elich wip,
> so stirbet din vil stolzer lip
> darnach am dritten Tage:

fürwar ich dir daz sage,

wan ez nieman erwenden kan.

darumb so soltu dich verstan

in herzen und in muote. [2]

Das Hochzeitsmahl: Aus der Decke erscheint der Fuß der Melusine.
Abbildung nach der mittelalterlichen Handschrift, die 1870 verbrannte,
in: Die Ortenau, 1960, 436

LUITGARD VON WITTICHEN, UM 1350

Ihr geistlicher Vater, der Priester Berchtold von Bombach, ver-
fasste die Vita dieser Klosterfrau (1291–1348) aus dem
Schwarzwald um 1350, also kurz nach deren Tod. Die
Mystikerin Luitgard hatte in Wittichen im Jahr 1323 ein
Klarissen-Kloster gegründet, nachdem ihr in einer Vision der
Auftrag dazu gegeben worden war. Der Geburtsort Luitgards
lag im Kinzigtal hinter Schenkenzell, nördlich von Schiltach,
die Eltern waren Bauern. Schon mit zwölf Jahren wurde das
Mädchen in das Terziarinnen-Kloster, eine Art Beginen-Klause,
nach Oberwolfach gegeben. Dort erhielt sie während einer
Messe von Christus direkt den Auftrag: „Du sollst ein Haus
bauen und vierunddreißig Menschen zu Dir nehmen, in der
Meinung, daß ich vierunddreißig Jahre auf Erden war." In der
Vision war ihr auch der genaue Ort der Klostergründung in
Wittichen bezeichnet worden.

Dies ist das selige Leben von Schwester Luitgard, die eine
Klausnerin gewesen zu Oberwolfach, bis sie das Kloster
Wittichen gründete. Ein ehrbarer Bauersmann war im
Schwabenland ansässig, eine halbe Stunde von Schenkenzell
und die Burg entfernt, die Wittechenstein heißt. Er hatte ein
göttliches Weib. Von vielen anderen Evastöchtern war sie gar
tugendhaft. Unter Nachbarn und weit darüber hinaus verbrei-
tete sich die Kunde von ihrem Ruf, ihrer Tugend und ihren
guten Worten. Die Frau ward eines Kindes schwanger. (...) Als
nun das Kind geboren war, da war es ein Töchterlein, schön an
Farbe und Wuchs. Nur von den Gliedern war das Haupt nach
einer Seite geneigt, wovon ihm der Hals krumm war. Das Kind

war allen Menschen lieblich anzusehen und wurde getauft und wurde Luggart genannt. Dieser Name gehörte so recht zu ihr. Denn Luggart heißt soviel, wie der Leute Garten. Denn alles, was ein wunderschöner, lieblicher Garten haben soll, war geistigerweise in ihr. Ein wonniglicher Garten soll haben Veilchen und weiße Rosen, rote Rosen, Lilien, Beerensträucher und grünes Gras und einen fließenden Brunnen. (...) Unserer lieben Mutter war es auch einmal, als sähe sie eine Säule aus Marmor, die so durchsichtig war wie ein Kristall und so hoch, daß sie von der Erde bis zum Himmel reichte. An der Säule waren vier Röhren, und aus den Röhren floß ein Strom zur Erde. Und sie begehrte von Gott zu wissen, was die Säule bedeute. Da wurde ihr geantwortet, das bedeute den Herrn Jesus Christus, als der Vater ihn auf die Erde sandte, um durch seinen Tod die Sünder zu erlösen und zurückzubringen. Sie sah auch, wie viele Menschen sich zu den Röhren neigten, den Mund auftaten und den Strom in ihr Herz und ihre Seele leiteten, jeder Mensch, wie er seinem Leben entsprechend empfänglich war: Den Anfängern war der Gewinn klein, bei den Fortgeschrittenen groß, bei den Vollkommenen am größten. Da war ihr kund, daß Gott alle die Kinder, die erwählt würden zur Gemeinschaft zu Wittichen, durch seinen gnadenreichen Strom so liebreich zur höchsten Vollkommenheit und Würdigkeit führen wolle, daß sie Gott ewiglich schauen in seiner göttlichen Allmacht: eines durch sein Leben, ein anderes mittels Leiden, das dritte in Krankheit und auf jede Weise, wie er sie am besten an sich ziehen könne. (...) Ich Berchtoldus, ein armer Priester, war Kirchherr zu Bombach im Breisgau zur selben Zeit, als die vorgenannte Mutter selig das Kloster Wittichen anfing, reich an Mut und arm an vergänglichen Gütern. (Übers. a. d. Mittelhochdeutschen)[3]

Das Kloster in Wittichen ist längst aufgelöst. Doch pilgern bis auf den heutigen Tag Wallfahrer zur Klosterkirche und zum Grab der seligen Luitgard. Ihr Andenken ist im Volk lebendig geblieben.

Kloster Wittichen im Schwarzwald

GERTRUD VON ORTENBERG, UM 1350

Die erste literarische, also nicht rein urkundliche Nennung Offenburgs finden wir in der Lebensbeschreibung der Gertrud von Ortenberg, einer frommen Frau. Auch sie lebte als Begine im 13./14. Jahrhundert hier in Mittelbaden und wurde zwischen 1275 und 1285 als Tochter Erkenbolts von Ortenberg dort auf dem Schloß geboren. Um 1303 legte sie die Drittordensgelübde ab, lebte danach in Offenburg und Straßburg und widmete sich der Kranken- und Armenpflege. Sie starb 1335. Aus der Einleitung zu ihrer „Vita", die noch von ihrer Ordensschwester Heilke wohl um 1350 verfaßt wurde:

Dis ist von dem heiligen Leben der Seligen frowen genant die Ruckeldegen und wz großer Wunder unser lieber her mit jr gewurcket het und mit jrme eigen namen wz su Gerdrut genant.

Es wz ein biderber ritter gesessen vf einer burge die heisset Ortenberg vnd lit nohe by einer stat heisset Offenburg. Der ritter hatte ein eliche frowe und etwie manig kint by der, beide knaben vnd dohter. Nu starp dem ritter sin frowe. Do geschach es also dz der ritter nam ein ander Eliche frowe die wz vil besser und edeler denn die erste wenn sy wz friges geslehtes von den frigen von Wildenstein wz su burtig. Nu gap unser lieber herre dem ritter und der frowen och etwie manig kint miteinander und besunder ein dohterlin...

Nach Jahren des klösterlichen Lebens in Straßburg: Da wurden sie zu Rate, daß es das Beste wäre, daß sie wieder nach Offenburg zogen und das taten sie auch (...) Nun hatten sie wohl alles, was sie brauchten von ihrem Gut und hatten auch schönen Hausrat, mehr als sie brauchten und ein hübsches Häuslein, das Jungfer Heilke gar tröstlich war, denn es lag an dem allerbesten und heimlichesten Ende in der Stadt.

Bemerkenswert ist diese Lebensgeschichte aus vielen Gründen. Ein eher marginaler ist der: erstmals wird die Offenburger Fasnacht genannt, und daß damals schon die Leute sangen, tanzten und fröhlich waren, „wie sie es gewöhnlich machten".

Zu disen ziten an der vastnaht do alle die lute sungent vnd danzeten vnd frolich worent also man gewonlich ist an der vastnaht do mahte su sich von allen luten vnd begerte allein vastnaht mit vnserm herren zu han und ging in einen stal sitzen hinter einen tulen der lenete an der want in einem wunkel darunder sas su und verbarg sich do vor allen leuten.[4]

Beginn der Lebensbeschreibung der Gertrud von Ortenberg. Königliche Bibliothek Brüssel Ms 8507–9: fol 133r

VENEZIANISCHER REISEBERICHT, 1492

Auch Reiseberichte sind eine literarische Gattung. Aus dem Jahr 1492 haben wir einen solchen Text über eine Reise durch die Ortenau, vorbei an „einem Kastell mit Namen Offenburg". In jenem Jahr reisten zwei Handelsleute aus Venedig im Auftrag der Republik nach Deutschland, um Kaiser Friedrich III. und seinem Sohn, König Maximilian, offizielle Grüße zu überbringen. Einer der Begleiter hat über diese Reise, die vom Juni bis Ende September dauerte, Aufzeichnungen in Tagebuchform gemacht. Kulturgeschichtlich sind diese Texte von großer Bedeutung.

Der Kaiser hielt sich damals in Straßburg auf, daher wird viel über die Zustände, über Bräuche und Besonderheiten in der Stadt berichtet. Nach ordnungsgemäßer Erledigung ihres Auftrages machte sich die Gruppe am 2. September wieder auf den Heimweg nach Venedig.

Am 2. ritten sie morgens nach einem Kastell mit Namen Offenburg, von Straßburg zwei Legas entfernt oder zehn italienische Meilen; denn eine Lega ist gleich fünf lombardische Meilen. Dies Kastell gehört dem römischen König und ist stark, mit Mauern auf drei Seiten und Gräben und Zugbrücken. Ein Fluß, genannt Kinzig, läuft in der Nähe, der in den Rhein fließt. Hier speisten sie und gelangten abends zum Speisen und Schlafen nach einem Kastell, namens Haslach, von Offenburg zwei große Legas gleich fünfzehn Meilen entfernt. Es fließt hier der nämliche Fluß Kinzig. Dies Kastell Haslach gehört dem oben erwähnten Grafen von Württemberg, der Eberhard heißt. Am 3. September gelangten sie nach einem Kastell mit Namen Hornberg, das in der Ebene in einem Thal liegt und ein sehr festes Schloß an Stelle einer Festung auf einem sehr hohen

Berg besitzt, auch hier fließt die Kinzig. Abends ritten sie nach einem festen Platz, Villingen, von Hornberg 3 Legas gleich 15 Meilen entfernt. Es gehört dem Römischen König und liegt an einem sehr schönen Ort mit vielen lieblichen Hügeln. Auf zwei Seiten ist es von Mauern umgeben, es hat Brunnen in den Straßen, die alle nach deutscher Sitte mit Kies gepflastert und ziemlich groß sind, und auch ein kleines Flüßchen namens Brigach, das in der Nähe fließt und in die Donau sich ergießt. Sie stiegen im Gasthaus zum Waidmann ab.[5]

Weiter ging die Reise über Donaueschingen, Konstanz, Lindau, Chur, Como, Mailand nach Hause. Am 25. September langten sie „endlich mit Gottes Hilfe" *wieder in Venedig an.*

JACOBUS OTTELINUS, 1531

„Jacobus Ottelinus Laranus" war ein Schüler von Beatus Rhenanus in Schlettstadt gewesen, und er wurde später zum Mitarbeiter für dessen projektierte „Geschichte des römischen Germaniens". In einem Brief „ex Lare 27 Februari anno 1531" berichtete er Rhenanus über die geographischen Grenzen und Verhältnisse der Ortenau, beschrieb den Verlauf und Ursprung ihrer Flüsse. Ottelinus war damals wohl Geistlicher an der Stiftskirche in Lahr (daher „Laranus"), mit Sicherheit ist diese Tätigkeit allerdings nicht belegt. Aus dem umfangreichen Brief bringen wir hier die lateinische Beschreibung (der humanistisch gebildete Leser möge sein verschüttetes Latein auffrischen!) des Kinziglaufes von Loßberg bis Kehl. Auch der elsässische Humanismus nahm also literarisch Notiz von der Ortenau.

Gratia, pax et gaudium in spiritu sancto per Christum, unicum nostrum conciliatorem, amen. Petis a me, pater optime imprimisque venerande, ut quibusdam tuis chorographiae studiosis Ortinoiae nostrae situm terminosque literis demonstrem depingamve, nec non Schutera, Elzae atque Bleichae, postremo etiam Chinzigae fluminum memor sim admones. (...) Modo dictam arcem ab aquilone Chinziga fluvius Ortenoiae cantatissimus nec non piscium abundantia ditissimus preterfluat,m visum est postremo de eiusdem fluminis sitis situ aliqua commemorare. Ortus mepe eius in montibus Haciniae (sic) silvae sub arce pagoque Lossberg, versus orientem est, inde permanans ex ceteris montibus aquas in alveum suum colligit praeterienque arcem Schenckencellam, caenobiumque virginum vestalium Wittich dictum, arcem oppidumque

Schiltach, unde olim duces nomen sortiti sint, alluit, sub quibus amnem Schilck nominatum ameridie ex montibus supra arcem Scramberg sitis profluentem excipit. Vallemque percurrens, antequam opidum Wolffach attingit, alterum amnem dictum die Alt-Wolffach secum rapit atque dictum opidum pretergrediens supra arcem opidumque Husen amnem celerem die Gutach dictum per vallem eiusdem nominis Gutach a meridie decurrentem excipit, ultraque vallem relictis utroque latere altissimis montibus opidulum Haslacense preterit. Quo relicto opidulum Zell Harmerspach, Gengenbachenseque deinde pertingit, ac sub ponte extra muros illius promanans tandem arcem Ortenberg in cultissimo fertilissimoque colle sitam, a qua etiam nonnulli Ortenoiam nomen impresisse volunt, preterlabitur. Deinceps apertum campum ingrediens supra opidum Offenburgense, quondam a rege Offone (ut aiunt) conditum, artificiosa quadam machina in binas partes scinditur, quarum altera muros Offenburgenses alluit molasque illic circumagens haud longe sub opido alteri iterum sociatur. Itaque agrum Offenburgorum pagos villasque nonnullas depost arcem castellumque Wilstetten pertransiens, tandem Rheni fluctibus iuxta villeculam a regione Argentoratensis ripae sese effert. (...) Iterum vale et una cum ceteris studiosis virisque doctissimis, ut hactenus solitus es, Iacobum tuum ama. Ex Lare 27 Februari anno salutis 1531. Tuus Iacobus Ottelinus Laranus.[6]

SEBASTIAN MÜNSTER, 1544

Sebastian Münster (1488–1552), deutscher reformatorischer Theologe und Kosmograph. Zunächst Professor in Heidelberg, lehrte er ab 1529 in Basel. Er gab zahlreiche alttestamentliche und hebräische Texte heraus, schrieb lexikalische und grammatische Arbeiten. Seine berühmte Cosmographia erschien erstmals lateinisch 1544 und erlebte 46 Auflagen, davon 27 in deutscher Sprache. Es war ein ungemein beliebtes Werk, reich bebildert mit Karten und Holzschnitten. Münster schrieb, was Offenburg und die Ortenau angeht, in seiner großartigen Weltbeschreibung in enger Anlehnung an Quellen wie die Chronik des Benediktinerklosters Schuttern, die der Mönch Paul Voltz (ein gebürtiger Offenburger) wenige Jahre zuvor niedergeschrieben hatte. Münster hat sie wohl gelesen und daraus auch die Offenburger Stadtgründungslegende entlehnt. Danach hatte der englische Prinz Offo das Kloster Schuttern mit dem Namen offoniscella gegründet und war auch verantwortlich für das Entstehen Offenburgs:

Und ein Meil wegs davon bauet er *(Offo)* auf die Kinzig eine Burg, die man Offonis Burg nennt und ist jetzund ein Reichsstatt, Offenburg genannt.

Über die Ortenau meinte Münster:

Die Gegenheit darin diese Stättlin liegen heißt die Mortnaw, liegt an einem Gebirg und rinnt die Kinzig dardurch, hat vor Zeiten die Ortnaw geheißen, aber von wegen der Mörder, deren etwan vil darin gewesen, besonders am Dorf Humbsfelden dz am Rhein ligt, hat es diesen Nammen die Mortnaw bekommen. Es ist ein klein aber ganz fruchtbar Ländlin, darin gut Wein und ziemlich Korn wechst. Do wechst auch so viel Hanf, dz man auff ein Jar zwenzig oder dreissig tausent Gulden lösen mag. Es liegen viel Stett, Schlösser und alte Klöster darin, besonder Offenburg ein Reichsstatt, Gengenbach ein Statt und alt Closter, Offenberg ein gut Bergschloß, Willstetten ein Schloß und Marckt, den Grawen von Hanaw.[7]

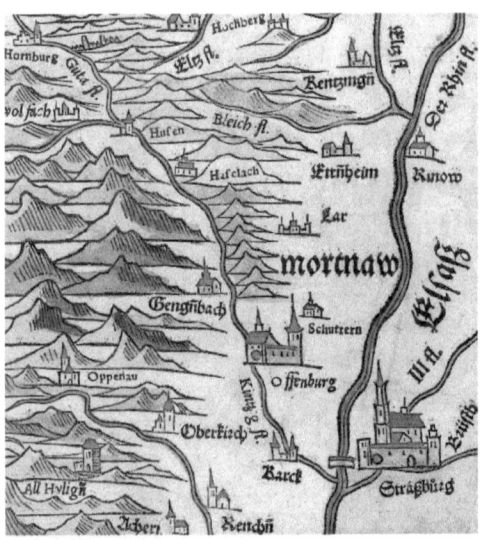

Schwarzwaldkarte des Sebastian Münster
(Ausschnitt), 1544

ABRAHAM SAUR, 1587

Abraham Saur (1545–1593) studierte in Wittenberg und Marburg die Rechte. Nach Notariats- und Lehrerstellen begann er mit der Herausgabe von juristischen Handbüchern, die teilweise mehrfach neu aufgelegt wurden. Seine publizistischen Erfolge, unter anderem auch mit dem Städte-Buch, riefen in der Folge nicht wenige Neider auf den Plan, über die sich Saur in seinen Vorreden gelegentlich beklagte. Daß er selbst die Cosmographia des Sebastian Münsters zumindest bei der Schilderung Offenburgs ziemlich wörtlich benutzt hat, zeigt ein schneller Vergleich. Aber das war früher nichts Ehrenrühriges.

Offenburg, eine Reichsstatt inn Brisgaw oder nit weit darvon von Offene, vom königlichen Stamme aus Engellandt geboren angefangen, da er den christlichen Glauben under den Teutschen gepflanzet und das Closter Schuttern gebauwet und ein Meil Wegs darvon auff die Kintzig eine Burg, die man Offonis Burg genannt, darvon jetzundt Offenburg die Statt erwachsen.[8]

MATTHÄUS MERIAN, 1643

Berühmter Kupferstecher und Verleger (1593–1650), schuf über 2000 Städtebilder, darunter auch Offenburg. Den Bildern waren Beschreibungen beigegeben, aus denen die Situation der jeweiligen Stadt mitten im Dreißigjährigen Krieg (1618–1648) hervorgeht. Der idyllische Eindruck Offenburgs auf dem berühmten Kupferstich steht in deutlichem Kontrast zur Schilderung der kriegerischen Ereignisse.

Offenburg. Ein Reichsstatt in der Mordnaw / so von einem / Offo genannt / den Nahmen haben soll / welcher umbs Jahr 605 in diese Gegend kommen / und bey dem Fluß Schuttern ein Kloster zuerbawen angefangen / so Offonis Cella, der nächste Orth aber darbey / Offonis Villa, insgemein Offonisvillare, Offenweiler / ist genandt worden. Von diesem Offone nun ist / wie man sagt / auch diese Statt Offenburg an der Kyntzig erbawet / unnd Offonis Pyrgum geheissen worden / so nur ein Meil Wegs von gedachtem Closter Offenzell gelegen. Von diesem Offone weiset man noch eine Müntz / die alten Offenburger und Englische Pfennig genanndt / deren man eine große Anzahl gefunden / als in Straßburg Anno 1562 S. Clarae Closter auf dem Wird abgebrochen ward. Es soll gemeldter Offo des Königlichen Englischen Geblüts gewesen / und von dem König in Austrasien diesem Land vorgesetzt worden sein; wiewol Theils daran zweiffeln wollen. Ist ein hüpsche wol erbawte / aber kein große (zwo Meilen von Straßburg gelegene Statt / der Römisch-Catholischen Religion / daselbst die Kirchen / und ein schöne Capelln beym Spital / neben dem Rathaus / am meisten zu sehen. Ihr monatlicher Reichs- und Kraiß-Anschlag ist dieser Zeit hundert und zwanzig Gulden.

Und zu Underhaltung deß Cammergerichts Jährlich 28 Gulden / oder 28 fl 21 Kreutzer 3 Heller.

Es hat etwan der Bischof zu Straßburg auch der Marggraf zu Baden / deme sie vom Reich versetzt / und wider vom Bistumb Straßburg gelöset worden / da zu gebieten gehabt / und solle vom Bischof Wilhelm zu Straßburg dem Kayser Ruprecht das halbe Theil an Offenburg geben worden seyn: Wiewol sich in einer Straßburgischen Chronik befindet / daß Offenburg / und Gengenbach / noch Ao 1428 dem Stifft Straßburg gehört haben.

Anno 1632 den 31. Augusti haben die Schwedischen Granaten in die Statt geworfen und mit Stücken hinein geschossen / auch halbe Carthaunen vor die Pforten gestellt / unnd also den 2. September die Statt zum Accord gezwungen. Und ist die Kayserliche Guarnison dreyhundert zu Fuß und hundertzwanzig Pferdt stark / ausgezogen.

Nach etlichen Tagen ward beschlossen / daß die Offenburger sich / als Erb- und Leibeygene Underthanen / endlich verbinden sollen / dem König in Schweden trew und hold zu seyn. Die Burgerschaft wurde ganz disarmiert unnd ein ziemlicher Vorrath an Munition, Proviand und Stücken allda gefunden. Anno 1635 kam die Stadt wieder in den alten und Schwäbischen Reichs- und Craißstand. Munsterus in der Cosm., Crusius in Annal. Suevic., Hertzog in der Elsasser Chronik lib3, cap.13, Item geschrieben- und gedruckte Relationes. Ein Meil Wegs von Offenburg unnd etwas weiters vom Rhein ligt das Schloß Ortenburg in der Mordnaw, so die Schwedischen Anno 1632 mit Accord eyngenommen haben.[9]

JOHANN MICHAEL MOSCHEROSCH, 1652

Am 7. März 1601 in Willstätt an der Kinzig, der „Kintze", gebo-
ren, 1669 an unbekanntem Ort gestorben. Er war der erste Sohn des
im Ort ansässigen Landwirts Michael Moscherosch, der zwei Jahre
zuvor von der gräflichen Herrschaft als Kirchenschaffner eingesetzt
worden war. Moscherosch hat den Namen seines Geburtsorts Will-
stätt – in verspielter und verrätselnder Umstellung der Buchstaben –
als „Sittewald" in der literarischen Welt bekanntgemacht.

Du werte Kintze du, die du mein Sittewaldt
Wilstätt, ietz wild und öd, mit deinem strohm bestreichest,
Nicht über gross, doch gut mit Lachs und Holtz bereichest,
Wilstätt, befreyter lust vorhin ein auffenthalt,
Jetz, dass es Gott erbarm, ein eingeäschte Statt,
Du werte Kintze du, in deren ich geschwommen
Jung, Muttig, ehe ich ward auss deiner schooss genommen...

So erinnert sich Moscherosch in einem Gedicht aus dem Jahr 1652
an seine unbeschwerte Jugend in Willstätt. Aber er fährt fort, nun
die Gräuel und Zerstörungen des Dreißigjährigen Krieges bedenkend:

Doch, Ach Melander, wan Du komst nach Sittewald
Und die vor-schöne Stätt ietzt siehest in gefildern,
In Kirch, Schloss, Gärten, Mühl und Häusern so verwildern,
Die durch Unmänschen grimm verstälte ungestalt,
Ach, so beseuffze doch mein armes Vatterland!
Das Hauss, darinn ich bin an diese Welt gebohren,
Das ist durch Schnauberey im Feur und Rauch verlohren... [10]

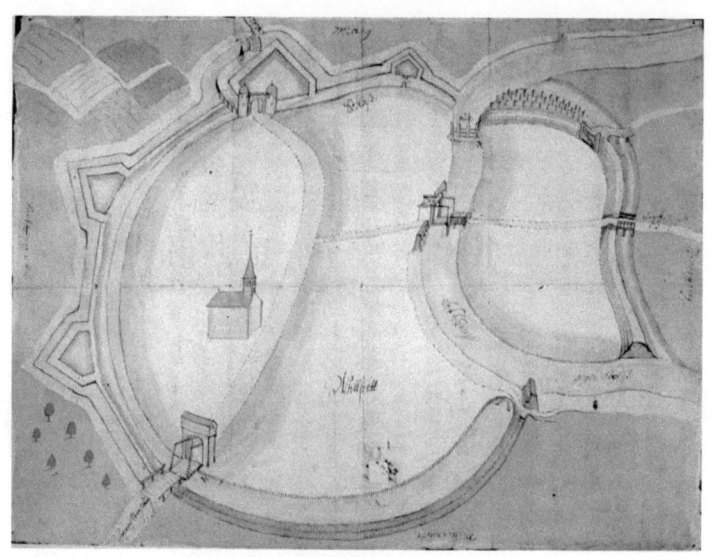

Älteste Ansicht Willstätts, vor der Zerstörung 1632.
GLA Karlsruhe, Signatur: H Willstätt 1

HANS JAKOB CHRISTOFFEL VON GRIMMELSHAUSEN, 1668

(Um 1622 Gelnhausen – 1676 Renchen). Das Werk dieses Schriftstellers zählt unwidersprochen längst zur Weltliteratur – und es ist hier in der Ortenau entstanden, wo Grimmelshausen als Soldat (Offenburg), Verwalter und Wirt (Gaisbach) und Schultheiß (Renchen) tätig war. Viele konkrete Bezüge zur mittelbadischen Landschaft sind in seinen Büchern enthalten. Auch Offenburg hat er beispielsweise ein literarisches Denkmal im „Ewigwährenden Kalender" (1671) gesetzt:

Nach Eroberung Breysachs rüstete sich Herzog Bernhard von Weimar auch Offenburg zu belägern, worin der Kaiserl. Obrist von Schauenburg kommandierte. Daselbst wurde damalen im Mühlbach ein Platteislein *(eine Art Schellfisch)* gefangen, welches derorten für ein ungewöhnliches Wunderwerk gehalten und dannenhero von den Fischern besagtem Obristen verehrt worden ist, der es auch verspeiset; aber ein noch sehr junger Musketier, von Geburt ein Gelnhäuser *(es war Grimmelshausen selbst, der hier stationiert war und der später auch eine Offenburgerin heiratete. Anm. Ruch)* machte diese Auslegung darüber: Es würde, sagte er, die Stadt Offenburg, solange der Obrist lebe und darin kommandiere, nicht eingenommen werden. Weswegen der Jüngling zwar verlacht wurde. Es hat sich im Werk befunden, daß er wahr gesagt, indem der Obriste die Stadt bis in den Friedensschluß erhalten.

In der bekannten Moos-Szene aus der Continuatio des Simplicissimus (1669) schildert Grimmelshausen den Blick des Einsiedlers vom Berggipfel in alle Himmelsrichtungen. Wie nach einer Landkarte beschreibt er die Landschaft:

Ich wohnete auff einem hohen Gebürg, die Moß genant, so ein stück vom Schwartzwald, und überal mit einem finstern Dannen-Wald überwachsen ist, von demselben hatte ich ein schönes Außsehen gegen Auffgang in das Oppenauer Thal und dessen Neben-Zincken; gegen Mittag in das Kintziger Thal und die Grafschafft Geroltzeck, alwo dasselbe hohe Schloß zwischen seinen benachbarten Bergen das Ansehen hat wie der König in einem auffgesetzten Kegel-Spill; gegen Nidergang kondte ich das Ober- und Unter-Elsaß übersehen, und gegen Mitternacht der Nidern Marggraffschafft Baden zu, den Rheinstrom hinunter: in welcher Gegend die Statt Straßburg mit ihrem hohen Münster-Thurn gleichsamb wie das Hertz mitten mit einem Leib beschlossen hervor pranget.[11]

Titelkupfer des „Abenteuerlichen Simplicissimus Teütsch", 1668

ULRICH BRÄKER, 1756

Geboren 1735 in Wattwil/Kt. St. Gallen, beerdigt 1798 Wattwil.

Der Sohn eines Tagelöhners, Kleinbauern und Salpetersieders wurde von früh an mitsamt seinen neun Geschwistern zur Arbeit herangezogen, trotzdem mußte die Familie dreimal den Wohnort wechseln, einmal auch den Konkurs erklären. 1755 verließ er das Elternhaus. Er geriet als Söldner ins preußische Heer, in der Schlacht bei Lobositz (1756) desertierte er und kehrte nach Wattwil zurück. Ab 1770 führte er regelmäßig ein Tagebuch. Erneute Schulden und Krankheiten in der Familie (zwei Kinder verlor er durch eine Seuche) verstärkten das Elend. Da erhielt er 1776 durch die Aufnahme in die Moralische Gesellschaft Lichtensteins Zugang zu deren umfangreicher Bücherei und Kontakt zu gebildeten Männern. Mehrmals gewann er mit kleinen Abhandlungen einen von der Gesellschaft ausgesetzten Preis. 1780–83 wurden erstmals drei kleine Texte von ihm in einer vom Wattwiler Lehrer herausgegebenen Zeitschrift veröffentlicht. Der Pfarrer schickte Proben an einen Verleger in Zürich, der zunächst in einem Kalender Auszüge aus dem Tagebuch, schließlich 1783 die Lebensgeschichte als Buch herausbrachte. Durch den großen Erfolg dieser Schrift erhielt er Zugang zu weiteren Berühmtheiten der Umgebung. Ein zweiter Band mit Tagebuchauszügen fand nicht mehr den Erfolg des ersten; seine wirtschaftlichen Schwierigkeiten konnte er durch sein Schreiben nicht auf Dauer beheben, schließlich mußte er 1798 den Bankrott erklären.

Im Hornung 1756 machten wir eine Reise nach Straßburg. Auf dem Weg nahmen wir zu Haslach im Kinzingerthal unser Schlafquartier. In derselben Nacht war das entsetzliche Erdbeben, welches man durch ganz Europa verspürte. Ich aber empfand nichts davon, denn ich hatte mich tags zuvor auf einem Karrengaul todmüd geritten. Am Morgen aber sah ich alle Gassen voll Schornsteine und im nächsten Wald war die Straße mit umgeworfenen Bäumen in die Kreuz und Quer so verhackt, daß wir mehrmals Umwege nehmen mußten.- In Straßburg mußte ich Maul und Augen aufsperren; denn da sah ich erstens die erste große Stadt, zweitens die erste Festung, drittens die erste Garnison, viertens am dortigen Münster das erste Kirchengebäude, bei dessen Anblick ich nicht lächeln mußte, wenn man es einen Tempel nannte. Wir brauchten acht Tage zu dieser Tour.[12]

JOHANN WOLFGANG VON GOETHE, 1770

Von Sesenheim aus machte 1770 der junge Straßburger Jurastudent
Goethe mit der Pfarrerstochter Friederike Brion auch Besuchsfahrten
über den Rhein:

Man ließ uns unbeobachtet, wie es überhaupt dort und damals
Sitte war, und es hing von uns ab, in kleinerer oder größerer
Gesellschaft die Gegend zu durchstreifen und die Freunde der
Nachbarschaft zu besuchen. Diesseits und jenseits des Rheins,
in Hagenau, Fort Louis, Philippsburg, der Ortenau, fand ich die
Personen zerstreut, die ich in Sesenheim vereinigt gesehn,
jeden bei sich, als freundlichen Wirt, gastfrei und so gern
Küche und Keller, als Gärten und Weinberge, ja die ganze
Gegend aufschließend.[13]

Der Name Offenburg erscheint im Werk Goethes häufiger, als man
vermuten möchte. Allerdings sind es eher beiläufige Bemerkungen,
die sich mit dem Namen verknüpfen.

Brief Goethes an Johann Friedrich Mayer, 4. Juli 1796
Kaum sind die Franzosen an der Lahn mit großem Verlust
zurückgetrieben, so passieren sie unvermuthet den Rhein in
der Gegend von Straßburg. Man hat sich ihnen zwar wacker
und brav widersetzt, allein sie haben doch Offenburg wegge-
nommen und wenn ihnen auch weiter nichts gelingen sollte,
so werden sie Kehl in der Geschwindigkeit so viel als möglich
befestigen, um sich dort die Gelegenheit zu einem beliebigen
Übergang zu verschaffen, weiter wüßte ich nichts bedeutendes
zu sagen...

Vom Adressaten dieses Briefes, dem Bergwerksdirektor Mayer in Gengenbach, bezog Goethe später auch Mineralien für seine eigene Sammlung. 1823 hatte er aus dem Schwarzwald wieder eine solche Sendung erhalten und darüber im Tagebuch notiert:

...betrachtete ich die von Gengenbach und Stockholm angekommenen Mineralien.

Vom März 1824 datiert dann das zugehörige Dankschreiben Goethes an Herrn Johann Friedrich Mayer nach Gengenbach bei Offenburg.

Weitere Hinweise auf Offenburg finden sich in Goethes penibel geführtem „Ausgabenbüchlein": 7. April 1775 Brief an F. Schlosser f. Offenburg 18 kr; 27. April Brief an Hr. Lenz f. Offenburg 12 kr; 30. Aug. Brief Schlosser f. Offenburg; 11. Sept. dto.

Mit „Schlosser" war der Schwager Goethes gemeint. Er lebte in Emmendingen, wo auch der unglückliche Dichter Jakob Michael Reinhold Lenz öfter weilte. Der Hinweis „f. Offenburg" ist sicher nur als Angabe der Poststation gemeint, denn weder Lenz noch Schlosser konnten hier in Offenburg als wohnhaft festgestellt werden.

JAKOB MICHAEL REINHOLD LENZ, 1772

Jakob Michael Reinhold Lenz wird am 12. Januar 1751 in Seßwegen/Livland als evangelischer Pfarrerssohn geboren. Er studiert Theologie in Königsberg, wo er vor allem die Vorlesungen Kants hört. Auf einer Reise nach Straßburg lernt er 1771 Goethe kennen, den er bewundert. In den folgenden Jahren kommt es zu mehreren Treffen. 1773 unterhält er einen Briefwechsel mit Herder. Nachdem seine ersten Dramen veröffentlicht worden sind folgt er im April Goethe nach Weimar. Aufgrund eines nicht überlieferten Vorfalls („Lenzens Eseley" meint Goethe einmal) wird er im November aus der Stadt ausgewiesen. Goethe bricht jeden Kontakt mit ihm ab. Ende 1777 erleidet Lenz in Zürich einen psychischen Anfall, einen Nervenzusammenbruch, von dem er sich nie vollends erholen wird. Dem Vater folgt er nach Riga, aber dort und auch in St. Petersburg findet er keine dauerhafte Anstellung. Schließlich geht er nach Moskau, wo er zeitweilig als Hauslehrer tätig ist. Dort stirbt er in der Nacht vom 3. zum 4. Juni 1792

Lenz machte am 1. 6. 1772 von Sesenheim aus in der Gesellschaft des guten Landpriesters und seiner Tochter *(Vater Brion mit Friederike)* eine Reise nach Lichtenau; wir kamen den Abend um 10 Uhr nach Sesenheim zurück.[14]

Und noch 1780 erinnert sich Lenz in Petersburg voller Liebe des freundschaftlichen Lichtenau, wo die Freude wohnte.

WILHELM HEINSE, 1780

Wilhelm Heinse (1746–1803), deutscher Schriftsteller, kam zu Fuß auf seiner Italienreise im Jahr 1780 auch durch die Ortenau.

Von Kehl bis nach Emmendingen geht man an den Bergen hin die Länge und die Breite durch die fruchtbarste Ebene, die man sich vorstellen kann. Das ganze Land gleicht einem fetten Rahm auf einer frischen süßen Milch.[15]

HEINRICH SANDER, 1781

Heinrich Sander (1754–1782) studierte Theologie in Tübingen und Ökonomie in Göttingen, wurde 1775 Professor der Naturgeschichte und Beredsamkeit am Gymnasium in Karlsruhe und war Ehrenmitglied der Berlinischen Gesellschaft Naturforschender Freunde. Er unternahm mehrere Reisen, auf denen er die Bekanntschaft Klopstocks, Wielands, Goethes, Lessings u.a. machte. Neben volksaufklärerischen und philosophisch-wissenschaftlichen Schriften verfaßte er auch Werke zur Theologie und seine bekannten Reiseberichte.

Ich schlief in Offenburg; nach dem heißen Tage folgte in der Nacht ein schreckliches Donnerwetter und starke Platzregen. Da läutete man alle Glocken so fürchterlich zusammen, daß sie hätten zerspringen mögen. Solche Wirkungen des Aberglaubens sind wahrlich unangenehm für einen Reisenden. Stellen Sie sich vor, in einer Stadt zu schlafen, die geflissentlich alles thut, um den Blitz herbeizuziehen? Die Müdigkeit der Reise überwältigte mich endlich, und ich schlief ruhig unter allen diesen wunderbaren Anstalten, das wohltätige Gewitter zu vertreiben.

Den andern Tag verließ ich gerade die Heerstraße, und nahm meinen Weg linker Hand hinter Offenburg nach dem Kintzinger Thal. Die Natur war ganz abgekühlt und ungemein erfrischt. Die Vögel sangen am frühen Morgen mit einer herzhaften Stimme zu dem hellern und gereinigten Himmel hinaus. Die letzten Gewächse im Felde erhoben noch einmal ihr vorher welkes und gesenktes Haupt und warteten auf ihre Weinsammlung. Das Laub an den vielen Obstbäumen, womit die Straßen hier sehr stark besetzt sind, hatte seine natürliche Lebhaftigkeit wieder bekommen. (...)

In der Nachbarschaft des Dorfes Biberach sieht man auf einem abscheulich hohen Berge die Überbleibsel des alten Schlosses jener ehrwürdigen Grafen von Geroldseck, deren letzter Zweig an einen Badischen Marggrafen verheirathet wurde. (...)

Nur eine Viertelstunde von Haslach entfernt, liegt das Dorf Mühlbach, das seinen Namen von einem kleinen Wasser hat. Dieser Ort ist wenigstens eine kleine halbe Stunde lang, besteht auch größtentheils aus einzelnen Höfen und zerstreuten Häusern, die an steilen Felsen hängen. Vor den Häusern läuft nur ein schmaler steinichter Weg, der für den Reiter beschwerlich genug zu machen ist. Wenn er aber zurückgelegt ist, dann reiset man über eine Stunde durch die angenehmsten Abwechslungen von Bergen und Thälern, die ich Ihnen nicht beschreiben kann. Es war eben Vormittag um zehn Uhr, als ich mit meinem Wegweiser durch die fürchterlich schönen Wege wanderte, und die Sonne trat eben hinter dunkeln Wolken hervor, und erleuchtete die Gegend, als wenn sie mir mit dieser Pracht der Natur ein Vergnügen machen, und mich locke wollte, mehrmals hierher zu kommen. Ich war bald auf einer schauderhaften Höhe, bald wieder in einem stillen, ruhigen Thale. Gute, freundliche Bergbewohner fand ich überall, und friedliche Hütten standen hier und da herum. Das Vieh kletterte an den steilsten Höhen; das Laubd er Wälder hatte schon allerlei Farben, und vergnügte das Auge. Wasser, so hell und klar, daß Mann und Roß mit Herzenslust davon tranken, flossen vor meinen Füssen hin. Die ganze Gegend kam mir so romantisch vor, daß ich es mir fest vornahm, einmal in meinem Leben, wenn einer meiner Zuhörer Prediger im Prechtthal seyn würde, hierher zu reisen, im schönsten Sommermonat hier einen Brunnen zu trinken und an manchem Morgen in diesen prächtigen Gegenden spazieren zu reiten. Zuletzt war ich auf der Höhe bei einem Kreuz, von dem man mir gesagt hatte, und sah von da hinab in das Prechtthal.[16]

Burgruine Hohengeroldseck,
„auf einem abscheulich hohen Berge"

CARL EUGEN VON WÜRTTEMBERG, 1783

Herzog Carl Eugen (1728–1793) gilt gemeinhin als Sinnbild des absolutistischen Despoten und Verschwenders. Seine Regierungszeit betrug fünfzig Jahre.

1783 unternahm er eine Reise nach Basel und führte darüber Tagebuch.

16. 12. 1783: In Bühl, die erste Station, nahm ich einen Chocolade, alßdann fuhren wir über Appenweyer nach Offenburg, wo in einem nicht sauberen Wirtshauß etwas zu Mittag gegessen wurde. Gleich darauff ging es wieder fort...[17]

GRAF NIKLAS VON GALLER, 1785

Hinter dem „östereichischen Kameralisten", der seiner Behörde einen ausführlichen Reisebericht vorlegte, verbirgt sich der junge Edelmann Graf Niklas von Galler (1761–1800):

Von Appenweier bis Offenburg ist nur eine halbe Poststation. Es war ohngefähr halb 5 Uhr, als wir in dieser Reichsstadt ankamen; da die Tage sehr lang waren, so hätten wir leicht noch vor einbrechender Nacht nach Mahlberg kommen können, bis wohin man von Offenburg nur noch sechs Stunden rechnet; allein wir hatten den ganzen Tag nicht gespeist, und ich wollte auch diese Gelegenheit nicht vorbei lassen, ohne einige Bekanntschaften zu erneuern; diese waren: Herr Reichsstadtschultheiß von Reineck, ein alter munterer und geschickter Mann; Herr Baron von Blittersdorf, der eine Tochter des seligen Herrn Generals von Ried zur Frau hatte, ein paar Jahre an dem Hofe des Fürsten Thurn und Taxis zubrachte und sich dadurch eine artige Pension und vor ein paar Jahren auch das Oberpostamt Offenburg erwarb; Herr Stadtmeister Meyer, dessen Umgang von vielen gesucht wird. Offenburg gehört zwar nicht unter die Klasse der großen Reichsstädte – denn die Anzahl der Einwohner wird sich, wie ich vermute, auf 4000 bis 5000 Seelen einschränken –, aber sie hat breite Straßen, einen ziemlich geräumigen Platz, der durch Abbrechung eines alten, von den Feinden schon vorlängst abgebrannten Hauses, das mitten auf demselben stand, noch vergrößert wurde, und fast durchgehends gut gebaute Häuser; unter diesen zeichnet sich die kaiserliche Landvogtei, die von dem Ortenauischen Landvogt, Herrn von Axter bewohnt wird, besonders aus. Es haben sich seit kurzer Zeit einige adelige Familien in dieser Stadt niedergelassen; der Ort hat auch nach meinem Geschmacke wegen seiner gesunden Lage, fruchtbaren Gegend und unbeträchtlichen Entfernung von Straßburg viel Angenehmes.

Den folgenden Morgen – 16. Juli – setzten wir unsere Reise um 5 Uhr morgens fort und kamen gegen 8 Uhr in Mahlberg an. Die Chaussee ist durchgehends gut, vorzüglich aber auf badischem Territorio, welches eine kleine Meile außer Offenburg anfängt, dann wieder durch das österreichische und nassau-usingische unterbrochen wird.[18]

REGISTRATOR PEHEM, 1795

*Zu diesem Autor fehlen bislang biographische Daten. Er veröffent-
lichte 1795 diese „Geographische Beschreibung der Landvogtey
Ortenau":*

Gränzen derselben.

Die Landschaft Ortenau gränzt gegen Morgen, an die
Schneeschmelze des Schwarzwalds, gegen Abend, in der
Nachbarschaft von Straßburg an den Rheinstrom, gegen
Mittag, bey dem kleinen Bleichfluß, an das Breysgau, gegen
Mitternacht aber, mittelst des bey Rastatt in die Murg fallen-
den Osbachs, an das Uffgau.

Derselben Größe.

Die Länge erstreckt sich auf acht Meilen, und die Breite, nach
dem Unterschied der mehr oder weniger hervorragenden
Gebürge des Schwarzwaldes, gegen 3 bis 4 Meilen. In diesem
kleinen Bezirk sind, nebst dem Erzhaus Österreich, der Bischof
von Straßburg, mit den Herrschaften Oberkirch und
Ettenheim, das Markgräfliche Haus Baden, mit der Herrschaft
Mahlberg, Staufenberg, und einigen zur Markgrafschaft Baden
gehörigen Ämtern, so dann die Fürstl. Häuser Hessen-Hanau-
Lichtenberg, mit den Ämtern Willstätt und Lichtenau, Nassau-
Uffingen, mit der Herrschaft Lahr, Fürstenberg mit Haslach
und einigen im Kinziger Thal, diesseits der Schneeschmelze liegenden Ortschaften, der Graf von der Leyen, mit der von
Österreich lehnrührigen Herrschaft Geroldsegg und die R.
Ritterschaft, mit verschiednen Dörfern und Rittergütern ange-
sessen. Nicht minder finden sich allda die Abteyen

Gengenbach, Schuttern, Ettenheimmünster, Schwarzach und Allerheiligen wie auch die Reichsstädte Offenburg, Gengenbach und Zell, nebst dem Reichstal Harmersbach. Dieses zusammen machte die Mortenau aus.[19]

KARL JULIUS WEBER, UM 1800

1767 als Sohn eines Rentbeamten in der hohenloheschen Residenzstadt Langenburg geboren, studierte er in Erlangen Rechtswissenschaft. Der 25jährige nahm für zwei Jahre eine Hauslehrerstelle in der Westschweiz an. 1792 kehrte Weber nach Deutschland zurück. Alljährlich unternahm er eine Reise. Die Frucht dieser Wanderungen, Reiseerfahrungen und Lektüre war das vierbändige Werk „Deutschland oder Briefe eines in Deutschland reisenden Deutschen", das gewissermaßen zum Reiseführer des Biedermeier wurde. Weber starb 1832 in Kupferzell.

Offenburg, ehemals Reichsstadt und Hauptort der Ortenau (deren Name von der Burg Ortenberg rührt) ist ein froh-heiteres Städtchen von viertausend Seelen und beherrscht den Eingang in das Kinzigtal, daher der Vorschlag zu dessen Befestigung. Man muß sich nicht an das Wortspiel des drolligen Gailer von Kaiserberg stoßen, der Schwätzer und alle, die nicht schweigen können, Narren von Offenburg nennt. Hier wächst ein trefflicher Markgräfler, der leicht schwadronieren macht und wir stärkten uns damit zu einer kleinen Fußreise nach dem schönen Tal der Kinzig. Man stößt zuerst auf die alte Reichsstadt Gengenbach von achtzehnhundert Seelen mit einer schönen Kirche, die der Reichsprälatur gleichen Namens zustand und dann erscheint Zell, gleichfalls ein ehemaliger Freistaat von eintausendeinhundert Seelen. Interessanter als beide Städtchen sind die Bergwerke zu Wolfach, wohin man über Haslach und Hausach gelangt, die Fürstenbergisch sind. Zwölf Gruben sind im Gange und lieferten von 1795–1810 an Silber gegen hundertachtzigtausend Gulden. Das benachbarte

Gutach- oder Triberger-Tal gehört zu den romantischsten Tälern des Schwarzwaldes, von etwa zwei Stunden Länge, ein wahrer Obsthain. Am Zusammenfluß der Gutach mit der Kinzig liegt Hornberg mit einem Bergschloß und tief in der Schlucht Triberg; die Gutach bildet hier einen der schönsten Wasserfälle.[20]

Wasserfall bei Triberg

JOHANN PETER HEBEL, 1810

Hebel (1760–1826) war einer der erfolgreichsten Autoren an der Wende zum 19. Jahrhundert, wirkte aber auch als angesehener Pädagoge, Theologe und Politiker. Seit 1805 trug er den Titel eines evangelischen Kirchenrates, 1808 wurde er Direktor des Gymnasiums in Karlsruhe, 1814 Mitglied der obersten Schul- und Kirchenbehörde und 1819 Prälat, d. h. oberster Führer der evangelischen Landeskirche in Baden. Im selben Jahr wurde er zum Abgeordneten der Ersten Kammer des badischen Landtages gewählt. Literarischen Ruhm erwarb sich Johann Peter Hebel vor allem durch seine Mundartdichtungen, insbesondere seine „alemannischen Gedichte für Freunde ländlicher Natur und Sitten" (1802), die bis heute zu den Meisterwerken regionaler Literatur zählen. Größten Erfolg erlangte Hebel daneben durch die vielfältigen Geschichten seines „Rheinländischen Hausfreundes oder neuen Calenders" und seines „Schatzkästleins des rheinischen Hausfreundes" aus dem Jahre 1811, die ihn als Meister der volkstümlichen Kalendergeschichten ausweisen. Mit dem in Kork tätigen Pfarrer Friedrich Schild war Hebel befreundet. Schild hatte mit anderen einen See bei Odelshofen im Hanauerland gepachtet, den eine kleine Insel schmückte. Dort traf man sich gelegentlich zur Unterhaltung und Entspannung. Zu Hebels 50. Geburtstag widmeten ihm die Freunde diese „Hebel-Insel" und Hebel dankte ihnen mit diesem Gedicht:

AUF DIE INSEL BEI ODELSHOFEN

Findsch echt der Weg ins Unterland?
Der Schwarzwald blibt uf rechter Hand,
Mit sine Firste hoch und lang,
Und's Wasser links, s'goht au di Gang,
Und obe Himmel rein und blau,
Und unte frische Morgethau.

Doch wenn de n'über d'Chinzig gohsch,
Und z'Offeburg am Scheidweg stohsch,
-'s geht links di Weg, und denk mer dra,
iez geht di d'Bergstros nüt meh a.
Lueg um di! Siehsch kei Insle do?
O b'hüet is Gott, do isch sie jo!

Wie isch das Inseli so nett,
Aß wenn's e Engel zirklet hätt,
Aß wenn's si eige Gärtli wär!
Wie badets in sim chleine Meer!
Wie badets in sim Bluemeduft
Und sunnt si in der reine Luft![21]

JOHANN BAPTIST VON KOLB, 1816

*Archivrat; erlebte gerade noch das Erscheinen der letzten Lieferung
seines Lexikons über das Großherzogtum Baden, starb 1816 im
Alter von 42 Jahren.*

Offenburg: Die romantisch schöne erhabene Lage der Stadt, in
einer der gesegnetsten Wein und Früchte in Üppigkeit vor-
bringenden Gegend, ihre weite schöne, die Stadt nach der
Länge durchziehende Hauptgasse, und ihr gleichsam regulairer
Bau von 436 Häusern macht sie zu einer der reizendsten Städte
von Westdeutschland.[22]

*Lorenz Oken (Bohlsbach 1779–1851) schrieb an den Archivrat Kolb
nach Erscheinen des ersten Lexikon-Bandes:*

Ihr Buch hat mich dermaßen erfreut, daß ich nicht umhin
kann, Ihnen, obgleich unbekannt, meinen lebhaftesten Dank
dafür zu zollen, und Ihnen meine Achtung zu zeugen, welche
ich für solche Arbeit hege. Nach meinen rein historischen ganz
geringen Kenntnissen, will zwar ein Lob nicht viel bedeuten;
allein dennoch wage ich mir zu sagen, daß noch kein Werk für
die mittlere Geschichte von solchem Werth, solchem Geist,
solcher Einsicht geliefert worden ist, wie das Ihrige. Sie haben
freilich auch eine Gegend getroffen, welche ohne Widerrede in
Deutschland am meisten historischen Schatz vergraben hält,
ich meine die Ortenau und das Breisgau.[23]

AUGUST VON GOETHE, 1830

Geboren am 25. Dezember 1789 und 1801 legitimiert, blieb er das einzige überlebende Kind von Christiane Vulpius und Johann Wolfgang von Goethe. Jurastudium in Heidelberg und Jena. Ehe mit Ottilie von Pogwisch, die ihm drei Kinder gebar. Seit 1823 Geheimer Kammerrat, dann Kammerherr in Weimar. Er starb auf seiner Italienischen Reise am 26. Oktober 1830 in Rom. Der Grabstein auf dem dortigen protestantischen Friedhof hinter der Cestius-Pyramide meldet lediglich: „Hier liegt der Sohn Goethes, der seinem Vater vorausging". Auf seiner letzten Reise kam er 1830 auch durch Offenburg und notierte für den Vater in Weimar im Brief-Tagebuch:

Von da fuhren wir mit der Post bis Offenburg, einem recht lieblichen Städtchen. Auf der ganzen Tour dahin sahen wir nichts als Weinberge und Weingärten, welche von Menschen wimmelten, indem sie eben zum ersten mal bearbeitet wurden.

In Offenburg machten Eckermann und ich noch einen Gang durch und um die Stadt, es war ein herrlicher Sonnenuntergang und die Berge waren wie in Rosenduft gehüllt, der ganze westliche Himmel war eine Gluth.[24]

EDUARD MÖRIKE, 1832

Mörike (1804–1875) wurde am 8. 9. 1804 in Ludwigsburg geboren. Dort besuchte er die Lateinschule und ab 1818 das Seminar in Urach. 1826 begann er eine Tätigkeit als Vikar in Nürtingen, 1827/1828 arbeitete er als Redakteur bei einer Zeitschrift. Von 1834-1843 war er Pfarrer im Ort Cleversulzbach. Mörike wurde vorzeitig pensioniert, er war dann unter anderem Literaturlehrer in Stuttgart, 1855 Hofrat und erhielt 1856 eine Professur. Ab 1871 lebte er wieder in Stuttgart, wo er auch starb.

DIE GEISTER AM MUMMELSEE

Vom Berge was kommt dort um Mitternacht spät
Mit Fackeln so prächtig herunter?
Ob das wohl zum Tanze, zum Feste noch geht?
Mir klingen die Lieder so munter.
O nein!
So sage, was mag es wohl sein?

Das, was du da siehest, ist Totengeleit,
Und was du da hörest, sind Klagen.
Dem König, dem Zauberer, gilt es zu Leid,
Sie bringen ihn wieder getragen.
O weh!
So sind es die Geister vom See!

Sie schweben herunter ins Mummelseetal -
Sie haben den See schon betreten -
Sie rühren und netzen den Fuß nicht einmal -
Sie schwirren in leisen Gebeten -
O schau,
Am Sarge die glänzende Frau!

Jetzt öffnet der See das grünspiegelnde Tor;
Gib acht, nun tauchen sie nieder!
Es schwankt eine lebende Treppe hervor,
Und – drunten schon summen die Lieder.
Hörst du?
Sie singen ihn unten zur Ruh.

Die Wasser, wie lieblich sie brennen und glühn!
Sie spielen in grünendem Feuer;
Es geisten die Nebel am Ufer dahin,
Zum Meere verzieht sich der Weiher.
Nur still!
Ob dort sich nichts rühren will?

Es zuckt in der Mitten – o Himmel! ach hilf!
Nun kommen sie wieder, sie kommen!
Es orgelt im Rohr und es klirret im Schilf;
Nur hurtig, die Flucht nur genommen!
Davon!
Sie wittern, sie haschen mich schon![25]

JOSEF BADER, 1840

Der Archivar am Großherzoglich Badischen General-Landes-Archiv in Karlsruhe schrieb in der Mitte des 19. Jahrhunderts „Fahrten und Wanderungen im Heimatlande", und er gab eine bedeutende Geschichts- und Kulturzeitschrift, die „Badenia", heraus, die Arbeiten und „Quellen zur vaterländischen Geschichte" bot.

Wenn der Wanderer von den herrlichen Rhein-, Donau- oder Neckartälern die Höhen des Schwarzwaldes besteigt, wie wird er überrascht sein, etwas ganz Anderes zu finden, als er erwartete. Denn er findet kein grauenvolles, kein ödes und unwirtbares Waldgebirge, sondern ein großenteils heiteres, vielfach ausgestocktes und angebautes, von schönen Straßen und bequemen Pfaden durchschnittenes, mit unzähligen Höfen und vielen sehr oft großen, immer wohlhabenden und reinlichen Dörfern belebtes Gebirgsland, wo üppige Wiesen die Talgründe, herrliche Tannwaldungen oder freie Haiden und Triften die Halden und Berge bedecken, wo tausend und abertausend frische Quellen sich zu Bächen, zu Seen und Flüssen sammeln, und eine Luft voll stählerner Frische und balsamischer Düfte weht.(...) Und hat der Wanderer vollends die schwarzwäldischen Bewohner kennen gelernt, in ihren Hütten und Dorfschaften, wie sie leben und weben in ihrer werktäglichen Arbeit und sonntäglichen Feier – wahrlich, er wird mit vollem Herzen ausrufen: „Ein schönes, treffliches, glückliches Volk!"[26]

ANSELM FEUERBACH, 1842

Feuerbach (1829–1880), deutscher Maler; besuchte 1842 als Junge
mit seinem Vater von Freiburg aus Offenburg.

Den 10. Juli. Auch Offenburg kam mir sehr freundlich und im
Anfange lebhaft vor. Ich meinte, ich käme in eine sehr gebil-
dete Stadt (wegen den vielen großen Gebäuden), wo die
Einwohner für sich still in eingezogenen Kreisen lebten, was
aber nicht der Fall ist, das beweist die Kirche und der
Spaziergang nach dem Dorfe Fessenbach, (...) ein von den
Offenburgern häufig besuchter Ort, sehr schön gelegen. Der
Weg dorthin führt über Anhöhen, Ebene, Hügel, Felder und
Wiesen. Sonst nichts Neues, außer einigen oder vielen
Betrunkenen.[27]

BAEDEKER, HANDBUCH FÜR REISENDE, 1842

Von Straßburg nach Schaffhausen:

Offenburg, am Eingang des Kinzigthales, welches schöne
Landschaften darbietet, denen des Höllenthals jedoch bei weitem
nachstehend. Die erste kleine Stadt ist Gengenbach mit
einem alten Kloster und einer hübschen Kirche. Die Gegend
zwischen Bieberach und Hornberg ist sehr malerisch. Unsere
Straße, die sich rechts wendet, führt durch eine der Schweiz
ähnliche Gegend. Die Häuser mit breiten Dächern, die
Volkstracht, auch selbst die häufig vorkommenden Cretins
erinnern an ähnliche Erscheinungen in der Schweiz.[28]

AUGUST HEINRICH HOFFMANN VON FALLERSLEBEN, 1844

Geboren 1798 in Fallersleben (bei Braunschweig). Er wurde 1819 Bibliothekssekretär in Bonn. 1823 erhielt er eine Anstellung als Kustos der Zentral–Bibliothek in Breslau. Dort wurde er 1830 Professor der deutschen Sprache und Literatur. Hoffmann wurde 1842 durch königliches Dekret aus dem Staatsdienst entlassen ohne Gewährung einer Pension „wegen anstößiger Grundsätze und Tendenzen" und wurde des Landes verwiesen. In den folgenden Jahren führte er ein unstetes Wanderleben, welches erst mit seinem Aufenthalt in Weimar 1854 endete. Seit 1860 war er Bibliothekar des Herzogs von Ratibor zu Corvey, wo er am 19. Januar 1874 starb.

Der für seine nationalliberale Lyrik, besonders seine „Freiheits-lieder", von den Liberalen gefeierte Dichter der späteren National-hymne „Deutschland, Deutschland über alles", machte im November 1844 auf dem Weg von Oberkirch nach Lahr für ein Wochenende Station in Offenburg. Seine hiesigen Gleichgesinnten veranstalteten ihm zu Ehren ein großartiges Trinkfest im Gasthaus Dreikönig, wo wacker gezecht und gesungen wurde. Die Lahrer Liberalen wollten den berühmten Dichter in Offenburg abholen, gerieten aber angeblich aus welchem Grund auch immer mit den Offenburgern so in Streit, „bis sie sich endlich auf höchst prosaische Weise im Wirtszimmer und auf der Straße herumprügelten, daß die Lahrer Gäste noch lange an die von den Offenburgern in so reichem Maße genossenen Hoffmannschen Tropffen erinnert werden", schrieb das Mannheimer Morgenblatt.[29] In Lahr empfing man den Dichter ebenfalls enthusiastisch. Dort hatte er bereits am 6. September 1844 eine Rede gehalten und sprach nun am 15. November im „Rappen" erneut vor begeisterten Zuhörern. Hoffmann berichtete über den Aufenthalt in der Ortenau in seiner Autobiographie „Mein Leben":

Den 11. November reiste ich über Basel, St. Louis, Mühlhausen und Straßburg nach Offenburg, wo ich den folgenden Abend um 8 ankam. Den 13. fuhr ich mit Seeger nach Oberkirch. Ich verweilte zwei Tage, die reich waren an Beweisen inniger Theilnahme. Ein Bericht sagt darüber: „Jeder Abend vereinte eine so große Anzahl seiner Verehrer um ihn, als die geräumigen Hallen fassen konnten. Den größten Theil der Zeit füllte Gesang seiner Lieder. Die Wirkung der von Hoffmann selbst vorgetragenen war bald allgemeine Begeisterung, bald stürmischer Beifall, bald stille Wehmut, je nach dem Text der Gedichte."

Als ich den 15. nach Offenburg zurückgekehrt war, trafen Abgeordnete von Lahr ein, die mich dahin abholen wollten. Die vorhergegangenen schriftlichen Einladungen waren mir nicht zu Handen gekommen. Ehe wir die Wagen bestiegen, sollte mir noch zu Gemüthe geführt werden, daß ich mich wieder in Deutschland befände. Der Herr Oberamtmann hatte drei Gendarmen in den Gasthof geschickt, zwei blieben draußen vor der Thür, der eine trat in den Speisesaal, um zu untersuchen, ob mein Paß in Ordnung wäre. „Oh, der ist immer in Ordnung", rief höhnisch Seeger dem Sicherheitscommissarius zu. Und er war es auch, ich hatte ihn zur Vorsicht noch in Straßburg visitieren lassen. Der Gendarm überzeugte sich von der Richtigkeit und wir fuhren mit lautem Hurra zum Hause hinaus.

In Lahr werde ich herzlich bewillkommnet. Man erzählt mir, in wie gutem Andenken ich stehe, wie von Jung und Alt meine Lieder gesungen würden etc. Nachdem wir im Rappen eine

Zeitlang verweilt, gehen wir in die Sonne zum Abendessen. Große Gesellschaft. Die Kinder begrüßten mich mit dem Gesange meines „Hohenliedes vom Censor". Der Bürgermeister Baum bringt ein Hoch auf mich aus. Ich danke mit dem Lied „Der Bürgermeister von Seckenheim", das ich erst gestern morgen verfaßt habe. Es ist von großer Wirkung, besonders mit dadurch, daß es auf einer Tatsache beruht. Allgemeine Heiterkeit, die sich noch steigert, als Anwalt Hofer seinen Trinkspruch vorträgt:

Dem geschätzten Abgesetzten,
der für Recht und Freiheit streitet,
der uns alle zu der Halle
echten Bürgertumes leitet,

dem geschätzten Abgesetzten,
ihm sei Glück und Heil und Segen,
daß er singe und uns bringe
bald der Freiheit Ziel entgegen!

Viele kommen zu mir, reichen mir die Hand und erklären, ich solle Bürger werden, nicht Ehrenbürger, sondern activer; wenn ich des Bürgerrechts bedürftig wäre, so sollte es meinerseits nur ein Wort kosten.

Den folgenden Tag ist noch ein großes Gastmal mir zu Ehren im Pflug. Bürger und Bauern nehmen daran Theil. Alles sehr heiter. Zuletzt kommen noch die Kinder und singen den „Censor". Ich reiche jedem Obst und ein Glas Champagner.

Etwas später, Fallersleben ist inzwischen in Mecklenburg, schreibt er:
Dass ich als Preuße sehr leicht in einen Preßprozeß verwickelt und der Majestätsbeleidigung angeklagt und verurtheilt werden könnte – diese Besorgnis quälte mich sehr und trieb mich, alles aufzubieten, um so bald wie möglich mein preußisches Heimats- und Staatsbürgerrecht mit einem anderen zu vertauschen. Da im vorigen Jahr meine Bemühungen in Mecklenburg erfolglos waren, so hoffte ich in Baden meinen Zweck zu erreichen. Noch ehe das alte Jahr zu Ende, wandte ich mich an den Bürgermeister Baum in Lahr: „Eingedenk des schönen mir unvergeßlichen 15. Novembers habe ich bereits die nöthigen Schritte gethan, mein preußisches Bürgerrecht aufzugeben, und spreche nun Ihnen meinen Wunsch aus, Bürger in Lahr zu werden. Die Verleihung des Bürgerrechts in Lahr wird dem zweifelhaften drückenden Zustande, worin ich seit meiner Absetzung in Preußen leben muß, ein Ende machen, mich persönlich sicher stellen und mir zur immerwährenden Ehre und Freude gereichen. Ich wende mich an Sie, weil Ihre Theilnahme mir den Weg zu diesem Schritte zuerst gezeigt hat und es Ihnen zunächst zukommt, den braven Bürgern Lahrs meinen Wunsch vorzutragen. Mit den herzlichsten Grüßen, Ihr H. v. F."

Den 27. Januar 1845 antwortete Baum. Gemeinderath und Bürgerausschuß hatten die Zusicherung ertheilt, mich als Bürger aufzunehmen. „Es unterliegt diesemnach durchaus keinem Zweifel, daß wir Ihnen das Bürgerrecht ertheilen, jedoch sind noch einige Bedenken darüber vorhanden, ob dieses

Bürgerrecht in Kraft treten kann". Obschon ich die Bedingungen, unter welchen das Lahrer Bürgerrecht verliehen wird, leicht erfüllen konnte, so betrachtete ich doch die Ablehnung der Indigenatsertheilung von Seiten der badischen Regierung für gewiß und verfolgte nicht weiter die Sache. Ich war nun wieder auf Mecklenburg angewiesen.[30]

ANNETTE VON DROSTE-HÜLSHOFF, 1844

Geboren am 10. Januar 1797 auf Schloß Hülshoff bei Münster. Seit 1841 lebte sie meist am Bodensee, starb in Meersburg im Mai 1848 und liegt dort begraben. Die besten Gedichte Annette von Droste-Hülshoffs widerstehen jedem Zeitgeschmack und jeder Provinzialität. Sie verfasste zeitlose Gedichte gegen epochalen Zeitgeist. Lapidar meinte sie einmal: So steht mein Entschluß fester als je, nie auf den Effeckt zu arbeiten, [...], und unsere blasirte Zeit und ihre Zustände gänzlich mit dem Rücken anzusehn. *Auf ihrem Grabstein steht: „Denn von den Sternen grüß ich Euch!"*

Reise vom Bodensee über Offenburg nach Mannheim. Brief an die Schwester 30. 9. 1844:

Den ersten Tag passierte uns nichts Erzählenswertes; wir hielten nur an, um die Pferde zu wechseln, und hielten Mittag im Wagen von Eurem Proviant. Es war schon sehr finster, als wir in Schramberg ankamen. Der Regen hatte aufgehört, aber dicke Wolken ließen den Mond nur wenig durchkommen, so daß die Berge und Felsen sich riesenhaft vergrößerten, und das Städtchen mit seinen rotglühenden Schmelzöfen und den vielen weißleuchtenden Lampenglocken in den langen Fabriksälen sich wirklich feenhaft ausnahm. Der dortige Postmeister riet dringend ab, im Finstern über Wolfach zu gehen, da der erste Teil des Wegs über schmale Klippenwände führe und erst vor einigen Tagen dort ein großes Unglück geschehen und ein Wagen mit Menschen und Pferden nachts in den Tobel gestürzt sei. Das war uns doch zuviel und verlangten wir es auch gar nicht, sondern fuhren nach Hornberg und machten dort, da der Regen wieder in Strömen goß, unser erstes Nachtquartier.

Am andern Morgen kamen wir etwa eine halbe Stunde vor Abgang der Eisenbahn in Offenburg an. Die Eisenbahn machte uns diesmal gar keinen ängstlichen oder seltsamen Eindruck mehr, aber einen höchst langweiligen, ganz als wenn man auf schlechten Wegen langsam voranzuckelt, überall aufgehalten wird und gar nicht voran kömmt. Auf dieser Bahn müssen nämlich die Schienen nicht gut gelegt sein, sie stößt bedeutend und das ewige Anhalten bei den Stationen erhöht noch den Eindruck von schlechten Wegen und Langsamkeit, obwohl es pfeilschnell geht und wir nur etwa fünf Stunden bis Mannheim brauchten.

ALBAN STOLZ, 1848

Professor der Theologie und kath. Volksschriftsteller, geb. 1808 in Bühl, gestorben 1883 in Freiburg/Br. Mehr als seine Lehrtätigkeit machten ihn zahlreiche Bücher, Kalender und Einzelartikel bekannt.

Zugleich hat das mitleidige Wohlwollen, das man gegen Blinde fühlt, Verwandtschaft mit der besonderen Liebe, welche in der Regel jede Mutter gegen ein verkrüppeltes Kind hat. Dennoch ist mir klar, daß dieses Mitleiden an sich noch keinen moralischen Werth hat. Als ich nämlich in den Bahnhof von Offenburg kam, sah ich, daß die Steinpfeiler sehr geschmackvoll mit lebendigem wachsendem Efeu umwunden sind. Es leuchtete mir nun ein, daß in dieser radicalen Stadt niemand etwas dagegen, wohl aber jedermann Wohlgefallen daran haben werde, desgleichen auch die gottlosesten Passagiere und Zeitungen – während eine christliche Zierde gewiß Hohn und Haß aufreizen würde. Nun habe ich dieses gottabgefallene Geschlecht unserer Heckerlinge so kennen gelernt, daß sie einen wahrhaft teuflischen Instinct haben, scharf zu unterscheiden zwischen all dem Weltlichen und dem, was Bezug zu Gott hat, so daß, was sie nicht anfechten, gewiß entweder antichristlich oder wenigstens nicht religiös, daher beziehungslos auf Gott ist.[32]

COSIMA WAGNER, 1872

Cosima Wagner (1837–1930), Tochter von Franz Liszt, die 1870 den Komponisten Richard Wagner heiratete. Brief- und Tagebuchautorin, die nach dem Tode ihres Mannes dessen Geschäfte, u. a. das der Bayreuther Festspiele weiterführte.

Das Ehepaar Wagner und der Philosoph Friedrich Nietzsche hatten im November 1872 kurze Zeit Aufenthalt im Bahnhof von Appenweier, wie in den Tagebüchern von Cosima Wagner zu lesen ist:

Straßburg. Wiederum in das Münster gegangen; Frühjahrswetter; ich denke mit Besorgnis an (Buda-)Pest, wo die Cholera herrschen soll und wo jetzt Hans und Vater sind. – Diner mit Kessingers und Nietzsche beim Restaurant Valentin, da die Leute im Hotel sehr unwillig und ungefällig sind. Heitere Stimmung; der Koch gut, Service schlecht, entschieden ist der ursprüngliche Besitzer fort, und ein Deutscher hat die Wirtschaft übernommen. Um 5 Uhr Abreise, Trennung von unserem Freund in Appenweier. Um 8 Uhr in Karlsruhe; erschreckende Berichte über das Theater; der Großherzog hat einen neuen Direktor ernannt.[33]

MARK TWAIN, 1878

Twain (1835–1910), eigentlicher Name Samuel Langhorne Clemens, wurde in Florida (Missouri) geboren. Nach dem frühen Tod des Vaters mußte Twain im Alter von zwölf Jahren die Schule abbrechen und begann eine Lehre als Schriftsetzer. Mit 17 Jahren ging er nach New York, dann nach Philadelphia, wo er die ersten Reiseskizzen schrieb. Von 1857 bis 1860 war er Lotse auf dem Mississippi, nahm am Sezessionskrieg auf der Seite der Konföderierten teil und war 1861 Silbersucher in Nevada. 1864 lebte er in San Francisco, 1866 als Reporter auf Hawaii und seit 1867 mehrmals als Reisender in Europa und Palästina. Er gründete einen Verlag, mußte aber 1894 Konkurs anmelden und ging auf Weltreise, um mit Vorträgen seine Schulden abzutragen.

Aus dem Reisebuch „Bummel durch Europa" (1878):
Einmal verzehrten wir unser Mittagsmahl, bestehend aus gebratener Forelle, im Gasthaus „Zum Pflug" in einem sehr hübschen Dorf (Ottenhöfen), und begaben uns dann zum Ausruhen und Rauchen in die Schankstube. Dort fanden wir neun oder auch zehn Schwarzwaldgranden um einen runden Tisch versammelt. Sie waren der Gemeinderat. Sie hatten sich um acht Uhr morgens dort eingefunden, um ein neues Mitglied zu wählen, und sie tranken nun seit vier Stunden auf Kosten des neuen Mitglieds Bier. Sie waren Männer von fünfzig bis sechzig Jahren mit ernsten, gutmütigen Gesichtern, und sie trugen allesamt die Tracht, die uns durch die Schwarzwaldgeschichten vertraut ist – breite runde schwarze Filzhüte mit rundum hochgekippter Krempe; lange rote Westen mit großen Metallknöpfen, schwarze Alpakajacken mit

der Taille oben zwischen den Schultern. Es wurden keine Reden gehalten, man unterhielt sich kaum, es wurde nicht gewitzelt; der Gemeinderat ließ sich allmählich, bedächtig, aber sicher mit Bier vollaufen und gab sich mit gesetztem Anstand, wie es sich geziemt für Männer von Rang, Männer mit Einfluß, Männer mit Mist.

Über den Schwarzwald:
Von Baden-Baden aus unternahmen wir den üblichen Ausflug in den Schwarzwald. Die meiste Zeit waren wir zu Fuß unterwegs. Diese erhabenen Wälder und die Empfindungen, die sie einem einflößen, lassen sich letztlich nicht beschreiben. Eine dieser Empfindungen jedoch ist eine tiefe Zufriedenheit und eine andere ein übermütiges jungenhaftes Entzücken und eine dritte, stark hervortretende ist das Gefühl, die Werktagswelt weit zurückgelassen zu haben und von ihrem Getriebe vollkommen losgelöst zu sein.

Diese Wälder erstrecken sich ohne Unterbrechung über ein gewaltiges Gebiet; und wo man auch hinkommt, sind sie so dicht und so still, so tannig und so duftend. Die Stämme der Bäume sind sauber und kerzengerade, und vielerorts ist der Boden auf Kilometer hin von einem lebhaft grünen Moospolster bedeckt, das nirgendwo vermodert oder zerrissen ist und von keinem abgefallenen Blatt oder Zweig in seiner makellosen Reinheit und Ordentlichkeit gestört wird. Ein sattes, domhaftes Dämmerlicht fällt in die säulenbestandenen Gänge, so daß die verirrten Sonnensprenkel, die hier auf einen Stamm und dort auf einen Ast treffen, kräftig hervortreten und das Moos regelrecht zu brennen scheint, wo sie den Boden tüpfeln. Aber die eigentümlichste Wirkung und die zauberhafteste bringt das weichgestreute Licht der tiefstehenden Nachmittagssonne hervor; kein einziger Strahl kann dann eindringen, das weiche Licht aber nimmt Farbe an von Moos und Laub und erfüllt alles mit einem zarten grünen Dunst, der Theaterbeleuchtung des Märchenlandes. Die Stimmung des Geheimnisvollen und Übernatürlichen, die zu jeder Zeit über dem Wald liegt, wird durch dieses unirdische Licht noch eindringlicher.

Besuch der Klosterruine Allerheiligen:
Den ganzen Nachmittag über waren wir bergauf gewandert. Gegen fünf Uhr oder halb sechs erreichten wir den Gipfel, und mit einem mal teilte sich der dichte Vorhang des Waldes, und wir schauten in ein tiefes, herrliches Tal hinunter und weit über bewaldete Berge hinweg, deren Gipfel in der Sonne leuchteten, während ihre schneisendurchfurchten Hänge von violetten Schatten gedämpft wurden. Das enge Tal zu unseren Füßen – es hieß Allerheiligen – bot am Ende seiner grasbewachsenen Sohle gerade Raum genug für ein behagliches, wonnevolles Menschennest, an das die Welt mit ihren Belästigungen nicht heranreichte, und folglich war es den Mönchen in alter Zeit auch nicht entgangen; und da standen die schmucken braunen Ruinen ihrer Kirche und ihres Klosters als Zeugen dafür, daß die Priester vor siebenhundert Jahren einen ebenso feinen Instinkt hatten wie die Priester heutzutage, wenn es darum ging, die erlesensten Winkel und Ecken des Landes aufzuspüren.

Ein großes Hotel verdrängt die Ruinen nun ein wenig und betreibt ein lebhaftes Geschäft mit Sommerfrischlern. Wir stiegen ins Tal hinab und nahmen ein Abendessen zu uns, das sehr zufriedenstellend gewesen wäre, hätte man die Forellen nur nicht gekocht. Überläßt man die Deutschen sich selber, servieren sie eine Forelle und überhaupt alles mit Sicherheit gekocht. (...)

Nach dem Abendessen durchwanderten wir das Tal. Es ist wunderschön – eine Mischung aus Waldlieblichkeit und zerklüfteter Felsenwildnis. Ein durchsichtig klarer Gießbach schießt pfeifend talabwärts, und am unteren Ende windet er sich durch einen engen Spalt zwischen hohen steilen Klippen und stürzt dann über eine Folge von Felswänden. Hat man die letzte hinter sich, gewinnt man einen herzerfreuenden Rückblick auf die Fälle – in einer siebenstufigen Treppe aus schäumenden und glitzernden Kaskaden steigen sie auf und ordnen sich zu einem Bild, das ebenso bezaubernd wie ungewöhnlich ist.[34]

WILHELM LÜBKE, UM 1890

Lübke (1826–1893) war ein bekannter Kunsthistoriker, seit 1885
Professor an der Kunsthochschule Karlsruhe, hier später General-
direktor der Kunstsammlungen.

Der Reisende steigt in Offenburg aus und wird schon beim
Eintritt in die freundliche saubere Stadt von jenem Zauber
oberrheinischer Orte angeheimelt, der einen behaglichen
Aufenthalt in Aussicht stellt.[35]

HEINRICH HANSJAKOB, 1904

(1837–1916) Man nannte den in Haslach geborenen Priester und Volksschriftsteller auch einen „Rebell im Priesterrock", denn mit der Amtskirche hatte er gelegentlich Schwierigkeiten. Nach der Schulzeit in Rastatt und dem Theologiestudium in Freiburg, trat er eine Stelle als Gymnasiallehrer in Donaueschingen an, und übernahm dann die Leitung der Höheren Bürgerschule in Waldshut. Wegen staatsfeindlicher Äußerungen im badischen Kulturkampf wurde er entlassen und vier Wochen in der Festung Rastatt inhaftiert. Von 1869 bis 1883 war er Pfarrer in Hagnau am Bodensee, dann Stadtpfarrer in Freiburg. Dort hatte er eine Zweitwohnung in der Kartause, wo er etwa die Hälfte seiner 74 Bücher schrieb, die fast alle große Auflagen erreichten.

Aus „Stille Stunden. Tagebuchblätter":
Die Städte Lahr und Offenburg sollen ein förmliches Wettrennen gehalten haben, um Soldaten und Kasernen zu bekommen. Und da die Städte in Deutschland überhaupt alle glücklich sind, Garnisonen zu erhalten und zu allen möglichen Konzessionen bereit, so wären die Herren in Berlin nicht gescheit, wenn sie nicht immer mehr und immer schönere Kasernen und Offizierskasinos ins Reich setzten. Es ist merkwürdig, wie beliebt und gesucht in den badischen Städten die Kasernen sind und wie unbeliebt die Klöster...

Ich kam von Lahr bis Offenburg gar nicht mehr aus meinen militärischen Gedanken heraus. Denn bald unter Lahr kommt der Exerzierplatz der Offenburger Garnison, die viele, viele Morgen Kulturland brach legt, von den einst so freiheitlichen Offenburgern aber mit Handkuß gratis zur Verfügung gestellt wurde.

Aus „Sommerfahrten":

Durch einen feuchten Wald kam ich bei ziemlicher Abend-
kühle nach dem Hanauerdorf Hesselhurst. Hier empfing mich
verabredetermaßen der Pfarrer von Willstätt beim Hause des
Bürgermeisters Baumert.

Dieser, ein echter Hanauer Bauer, stattlich, stolz und wohl-
häbig, ist einer der Hanauer Lieblinge des in meinen Büchern
schon öfters erwähnten Staatsrates Reinhard, durch den ich
auch seinen Liebling „Mischel" kennen lernte. Die Hanauer
haben nämlich von den benachbarten Franzosen gelernt, daß
man statt Michael – Mischel sagt, darum werden alle Hanauer
Michel französisiert.

Der Bürgermeister von Hesselhurst ist in seiner Wohnung
eingerichtet wie ein neuzeitiger Oberamtmann, betreibt aber
seine Landwirtschaft doch wie ein echter, rechter Bauer. Dies
erfuhr ich selbst an seinen Produkten. Seine Frau stellte mir
mein Lieblingsabendessen im Sommer, eine saure Milch und
einen Butter auf, wie ich ihn so gut nur einmal in meinem bis-
herigen Leben, in der Lombardei gegessen habe.

Der Michel ist noch so jung, daß seine beiden Eltern bei ihm
leben, und die ganze Familie ist getreu der schönen, alten
Hanauertracht.

Im leichten Abendsonnenschein schaute das Straßburger
Münster wie verklärt über gewaltige Wiesenflächen zu uns
herauf, da wir von Hesselhurst nach dem unfernen Willstätt
fuhren.

Vor der Einfahrt fragte ich meinen Begleiter im Spaß, ob er
bei seinen gutprotestantischen Willstättern nicht in Mißkredit

komme, wenn er mit einem so jesuitenähnlichen katholischen Pfarrer in die Gemeinde einziehen.

Erst nachdem er dies verneint hatte, fuhr ich unbeklommenen Herzens in das alte Kinzigstädtchen ein.

Offenburg

Wenn ich das ganze heimatliche Kinzigtal nach seiner Lage personifizieren will, so liegt in Wolfach das Haupt, in Haslach das Herz und in Offenburg stehen die Füße. Die Wolfacher sind geborene Diplomaten, kühl bis ans Herz hinan. Zur Revolutionszeit waren sie die ruhigsten und befinden sich darum heute im Besitz des Oberamtes und des Amtsgerichts. Meine Haslacher sind im Herzen des lustigen Tals und sein heiteres Herz. Sie haben die meisten Fehler, aber es sind dies lauter Herzensfehler, und die machen die Menschen bekanntlich am liebenswürdigsten. In der Kreishauptstadt Offenburg sind die Füße. Der Fortschritt und der Hauptverkehr gehen und gingen, wie auch die Revolution von anno 1848, fürs ganze Tal von dieser alten Reichsstadt aus.

RAINER MARIA RILKE, 1909, 1913

*Geboren 1875 in Prag, 1926 in Valmont (Schweiz) gestorben.
Bedeutender Dichter (Duineser Elegien) und Schriftsteller, kam aus
Paris (wo er u. a. Sekretär bei dem Bildhauer Auguste Rodin gewesen
war) 1909 erstmals, 1913 erneut zur Kur in den Schwarzwald nach
Bad Rippoldsau.*

Kuraufenthalt 1909

Ich habe vor, nur in den Wäldern herumzulaufen zwischen
den kühlen Blaubeeren, solange bis sich ein wenig Muth in
mir niederschlägt und mir etwa klar wird, warum Paris so
schwer und nutzlos geblieben ist (...) Schließlich war ich dieses
Ertragens und Halbdaseins so traurig und überdrüssig geworden, daß ich vor drei Tagen rasch über Straßburg hierher
gereist bin, in dieses alte, früher fürstenbergische Bad; es liegt
mit seinen, theils altmodischen Häusern um die leisen
Heilquellen, und die Waldhügel kommen von allen Seithen so
nah, daß es nie größer werden konnte. Auf halber Waldhöh
nur liegt, überschauend, ein ganz neues Gästehaus, für mein
Bedürfnis fast zu heuerisch und neustylig: aber bequem, son-
nig und so, daß man ohne jemanden zu kennen und zu grüßen darin sich leben lassen kann. (...) Ich habe während zwei
Jahren keine ländlichen Sommertage gehabt – so daß mich in
diesen vielen Wäldern alles rührt, erstaunt und freut. Die
Sonne glänzt schöner in die dunkeln Fichtenwege hinein, als
ich noch wußte, und die Lichtungen sind frei und durchge-
wärmt. Das Glücklichste sind aber alle die lauteren Quellen;
kaum bleibt eine zurück, so rauscht schon die nächste rein ins
Gehör.

Kuraufenthalt 1913

Rippoldsau ist ganz so altmodisch in seiner äußeren Art; wie ich es vor vier Jahren kannte, dabei in seinen Kuranwendungen nicht verspätet, auch sind vor der Hand kaum mehr als sechzig Gäste da; von einer innozenten Kurmusik abgesehen, die ihre Aufheiterungen dreimal täglich in die um so unendlich vieles heitere Natur hinaus verschwendet, ist die Stille, die die Wälder von allen Seiten in das verläßliche Kurtal hinein atmen, unbeschreiblich, über alles Maß, über die Maßen. Und man geht nur ein paar Schritte den nächsten tannichten Weg hinein, und schon bekehrt sich das Herz zu der vertraulichsten Größe.[36]

Rainer Maria Rilke in Bad Rippoldsau, 1913

KURT TUCHOLSKY, 1919

(1890–1935). Journalist, Korrespondent, später Herausgeber der „Weltbühne", einer politisch-satirischen Zeitschrift. Pazifist und Antimilitarist, seine Bücher wurden von den Nazis verbrannt. Selbstmord im schwedischen Exil.
Brief an Mary Tucholsky, geb. Gerold, zweite Frau von Tucholsky:

Nußbach bei Triberg (Baden), Haus Fritsch, 19. August 1919
Am 16. fuhr ich aus Berlin ab. Die Züge sind jetzt voll von widerlichen Leuten - das Reisen ist nicht mehr so wie früher eine kleine Vorfreude, sondern eine Quälerei. – Erst fuhr ich nach Hannover – zu meinem Freund –, ich wurde sehr nett aufgenommen, seine Frau ist in andern Umständen, sah also nicht sehr gut aus. War aber so reizend und freundlich – es ist offenbar eine gute Ehe. Wir fuhren dann in der Nacht über Frankfurt hierher – die Nacht in einem überfüllten Zug war sehr übel. Am nächsten Abend kamen wir hier an.

Das Haus, das sich der verstorbene Vater meines hamburger Freundes – er war ein großer Frauenarzt – hier gebaut hat, ist eine hübsch eingerichtete Villa mit ungefähr 20 Zimmern und einem kleinen Nebengebäude – in dem wohnen wir, der Hannoveraner und ich. Es ist alles sehr sauber und nett. Es sind schon 6 Herren hier – man hockt ein bißchen eng (räumlich) aufeinander – aber man ist ganz ungeniert. Es geht sehr solide zu, nur morgen wird wohl zum Geburtstag des Hausherrn etwas getrunken werden. – Mein Koffer ist noch nicht da, ich habe großen Kummer, obgleich ich ihn hoch versichert habe. Ganz glatt geht es nie und ich habe nun keine geeignete Garderobe und ach Gott!

Die Landschaft ist schön. Es ist so ungefähr wie im „Kalten Herz" von Hauff – aber nicht ganz so ernst und schwer. Es liegt 600 m über dem Meeresspiegel, bewaldete Höhen, dazwischen, in den Tälern, kleine, gedrängte Dörfchen und Städtchen. Es sieht hübsch aus.

Ich will nun hier vierzehn Tage bleiben, ungefähr bis zum 30. 8. Dann fahre ich an die See; wohin, schreibe ich noch. Alles, was Du hierher oder und besser an meine berliner Adresse schreibst, wird nachgeschickt. Ich bekomme alles. –

Mätzchen, dies das Äußerliche. Ich will die Leine absichtlich in diesen Wochen schlapp hängen lassen – ich glaube, daß ich die Kräfte in Berlin brauchen werde. Es wird ein heißer Winter werden. Aber das ist hübsch: hier und ein bißchen Gesellschaft, und nachher an der See Einsamkeit.[37]

ERNEST HEMINGWAY, 1923

1899 in Illinois (USA) geboren, 1921 als Journalist nach Europa und in den Nahen Osten. 1954 erhielt er für sein schriftstellerisches Werk den Nobelpreis für Literatur. Gestorben 1961. 1923 Reise durch Europa in der Zeit zwischen den Kriegen. Eine erste Station in Deutschland war Offenburg, das gerade von den Franzosen besetzt worden war.

Offenburg ist die südliche Grenze des von den Franzosen besetzten Teils Deutschlands. Es ist eine saubere, nette kleine Stadt zwischen den Höhen des Schwarzwaldes auf der einen und der sich ausstreckenden Rheinebene auf der anderen Seite. Die Franzosen besetzten Offenburg, um die große internationale Eisenbahnlinie offenzuhalten. Laut den Franzosen sollte ihre Besetzung die sichere Durchfahrt der Kohlentransporte auf dieser Hauptstrecke zwischen der Ruhr und Italien gewährleisten. Sie fürchteten, die Deutschen könnten die Wagen in Offenburg verschieben, und sie auf einer Nebenlinie in den Schwarzwald, und dann vielleicht wieder zurück in das Industrierevier bringen. (...) Seit fast zwei Monaten nun ist kein einziger Zug durch Offenburg gefahren. Ich stand auf der Brücke über den Signalanlagen und schaute auf die vier breitspurigen Schienenstränge, die sich in der einen Richtung bis in die Schweiz, und in der anderen bis nach Holland erstrecken. Sie waren rot vom Rost. Die Züge in beiden Richtungen halten jeweils drei Meilen vor Offenburg, im Norden und im Süden. Die Passagiere steigen mit ihrem Gepäck aus und wenn es Deutsche sind, können sie mit einem Bus nach Offenburg fahren, wo sie einen anderen Bus nehmen können, der sie zur anderen Seite der Stadt bringt, wo sie ihre Reise fortsetzen können. Sind es Franzosen, so dürfen sie laufen und ihr Gepäck tragen. (...) Von Offenburg nach Ortenberg, wo ein Zug stand, fuhr ich in einem Lastwagen. Der Fahrer war ein kleiner blonder Deutscher mit eingefallenen Wangen und blassen blauen Augen. Er hatte an der Somme eine schwere Gasverletzung erhalten. Wir fuhren über eine weiße, staubige Straße durch grüne Felder mit Wäldern von Hopfenstangen darauf, an denen ein Gewirr von Drähten baumelte. Wir überquerten einen breiten, flinken und kieselreichen Fluß mit einer Schar von Gänsen, die auf einer Geröllinsel rasteten. Ein Stallmiststreuer klapperte auf dem Feld. In der Ferne lagen die blauen Höhen des Schwarzwaldes.[38]

In „Schnee auf dem Kilimandscharo" findet sich diese Erinnerung an das Triberg Ende der 20er Jahre:
Nach dem Krieg pachteten wir einen Forellenbach im Schwarzwald, und es gab zwei Wege, die dorthin führten. Einer ging durch das Triberger Tal hinab und schlängelte sich an der Talstraße entlang im Schatten der Bäume, die die weiße Straße einsäumten, und dann eine Seitenstraße hinan, die durch die Hügel hinaufführte, an einer Menge kleiner Anwesen mit großen Schwarzwaldhäusern vorbei, bis jene Straße den Bach überquerte. Hier begann unser Fischwasser.

Man konnte sonst auch steil bis zum Waldsaum hinaufklettern und dann über die Hügelkuppen durch die Tannenwälder hinauf bis an den Rand einer Wiese gehen und aber die Wiese hinunter bis zur Brücke. Es standen Birken am Bach, und er war nicht breit, sondern schmal, klar und reißend mit kleinen Ausbuchtungen dort, wo er die Wurzeln der Birken unterhöhlt hatte. Der Hotelbesitzer in Triberg hatte eine ausgezeichnete Saison. Es war besonders nett, und wir waren alle sehr befreundet. Im nächsten Jahr kam die Inflation, und das Geld, das er im Jahr zuvor verdient hatte, reichte nicht aus, um Lebensmittel für den Beginn der neuen Saison zu kaufen, und er erhängte sich.[39]

WILHELM HAUSENSTEIN, 1930

Hausenstein (1882–1957), geboren in Hornberg, verbrachte seine Jugend in Karlsruhe, studierte danach Geschichte, Philosophie, Soziologie und Kunstgeschichte und verfaßte zahlreiche Kunst- und Reisebücher. Vom NS-Regime als entarteter Kritiker geächtet, gehörte Hausenstein 1945 zu den Gründern der Süddeutschen Zeitung. Als erster Botschafter der Bundesrepublik in Paris (1950–55) hat er wesentlich zur deutsch-französischen Verständigung beigetragen.

Als ich 1898 von Karlsruhe nach Basel reisen sollte, stieg ich in Offenburg um, auf die Schwarzwaldbahn. Es gab nichts anderes. In Offenburg stieg man um, für die Schwarzwaldbahn; dazu war Offenburg da. (...)

Dort steht das erste rechte Schwarzwaldhaus. Es steht mit winzigen Fensterchen. Es steht wie zugebaut. Es steht schier ganz in Holz; die Balken sind teerbraun, sammetschwarz – ihre Oberfläche sieht sich weich an. Das Haus steht unter einem schwärzlich vermoosten Strohdach, das seitwärts bis an den Boden hinabzustoßen scheint und vornüber heruntergeht wie ein langer Kappenschild, der die Augen verdeckt (aber vielleicht sind nicht einmal Augen da, vielleicht sind sie nach außen blind und schauen nur einwärts in die Dämmerung, seelenwärts). Es ist ein rechtes Schwarzwaldhaus, fast ohne die Helle der Tünche; die hellen Fensterkreuzchen sind winzig und wie Litzen schmal. Mir fällt der Schmetterling ein mit den schwarzbraunen Sammetflügeln und der reingelben Borte; der „Trauermantel" fällt mir ein ... Ist dies alles nun nicht höchst merkwürdig und angetan, ein Herz zu ergreifen?[40]

Hornberg

Es ging auf Mitternacht. Ich konnte nicht schlafen. Wie sollte einer auch haben schlafen können, der nach fast fünfzig Jahren zum ersten Male wieder in der Heimat den Kopf aufs Kissen legte! Das letzte Mal – der Vater war gerade gestorben – strich die Mutter die Decke zurecht, schüttelte das Federbett auf und breitete es derart wieder her, daß mir um Herz und Kopf nicht zu warm werden konnte. Nun ist auch sie schon eine gute Weile tot.

Ich lehnte am Fenster meines Hotelzimmers und schaute auf den Platz. Der Mond war fast noch voll. Alles hob sich, kenntlich wie unter der Sonne, in die beschwörende Helle. An den Kanten brach das angeschienene Kalkweiß des Gemäuers schneidend ab, von einem entschiedenen Dunkel abgefangen wie aus verwickeltem Hinterhalt – wäre dies Gleichnis inmitten des eingeborenen und unveräußerlichen Vertrauens auf die Heimat, auf das innige Behagen in ihr nicht zu ungemütlich gewesen. Die Schatten lagen mit haarscharfem Kontur am Boden, Schwarz gegen Weiß. Es war auch einzusehen, weshalb man von „Schlagschatten" sprechen kann, denn sie spreiteten sich am Boden wie eine nach Höhe und Breite niedergeworfene Wand.

Die alte Kirche, rührend bescheiden im stillen Anspruch auf ihren Anteil an dem, was man gotisch nennt, kehrte ihren Chor her. Darüber, zwischen Chor und Schiff, hob sich der schwerfällige Turm zu einer nur wie mit Mühe erklommenen Höhe, die alles andere war als ansehnlich. Im Anstieg waren die Linien des Profils der Turmpyramide eingeknickt – was den

Eindruck der schlichten Anstrengung des Aufbaues noch bestätigte.

Es gibt in der weiten Welt, so dünkt mir, nichts Schöneres als dies: Altvertrautes wiederzuerkennen. Der Schauder im Abenteuer eines ersten Entdeckens läuft verwirrend über die Haut, fährt berückend durch die Wirbelsäule. Allein das längst Bekannte wiederzuerkennen scheint mir mehr zu sein als die Begegnung selbst mit dem phantastischsten Neuen.[41]

Illustration Bruno von Hornberg (s. S. 15 f)
Manesse Liederhandschrift, UB Heidelberg

KÄTHE VORDTRIEDE, 1936

1891 in Hannover als Käthe Blumenthal geboren. Ihre Eltern, assimilierte deutsche Juden, waren kurz zuvor nach erfolgreichen Farmer-Jahren aus Indien und Sumatra zurückgekehrt. Sie wuchs in Herford auf und heiratete als 20-Jährige Gustav Adolf Vordtriede in Dortmund; 1911 wurde ihre Tochter Fränze geboren. Als der Weltkrieg begann, zog die Familie nach Bielefeld um, dort kam 1915 ihr Sohn Werner zur Welt. 1918 trat Käthe Vordtriede in die SPD ein, ab 1923 wohnte sie mit ihren Kindern als alleinerziehende Mutter in Freiburg i. Br. (ihr Mann, von dem sie sich getrennt hatte, kam 1929 bei einem Unfall ums Leben.) Ab 1925 arbeitete sie als Lokalredakteurin bei der sozialdemokratischen „Volkswacht". 1933 wurde auch für Käthe Vordtriede zum Jahr des Umbruchs: Sie verlor im März, nach Verbot der Zeitung durch die Nazis, ihre journalistische Arbeit, kam im August für Wochen in „Schutzhaft" wegen staatsfeindlicher Aeußerungen. In den folgenden Jahren hielt sie sich als Vertreterin und Marktforscherin für Sunlicht über Wasser. Im September 1939 gelang ihr die Flucht über die Schweizer Grenze. Am 1. Dezember 1941 kam sie in New York an; bis zu ihrem Tod im August 1964 hat sie sich als Putzfrau, Haushälterin, Babysitterin, Sekretärin durchgebracht.

Freiburg, 26. 6. 1936

Mein lieber Wern, (...) Vorigen Samstag und Sonntag badeten wir in der Kinzig, einzig schönes Schwimmgelände, tausendmal schöner als Breisach. Dort kostet es nichts. Auskleiden in der Zelle, Radaufbewahren, Wertsachen-Aufbewahren – alles gratis!

Ich war am Donnerstag nach Offenburg gefahren, für Lintas, ließ Fränzen in die „Sonne" nachkommen. Nächstesmal kommst du mit, die ganze „Sonne" freut sich schon auf Dich. Ich zeigte Fränzen auch das Zimmer, in dem Hitler geschlafen hat und das interessante Fremdenbuch der „Sonne", mit vielen Bildern bekannter Größen und vielen Malereien. Der letzte Eintrag ist von dem kleinen, dicken Michael aus Rumänien. Einer der nächsten wird hoffentlich der Deine sein, wenn Du erst ein berühmter Professor bist, so daß man Dich kniefällig um Dein Autogramm bittet. In dem Buch war auch Rosa Luxemburg (die Seite ist zugeklebt!). Auch der durch Freitod geendete Alsberg ist drin, war Sachverständiger in dem furchtbaren Offenburger Abtreibungsprozeß, der Dr. Merck und Genossen mehrere Jahre Zuchthaus kostete. Auch die Pawlowa ist drin. Du erinnerst sicher den Skandal, wie Krüger sie in Freiburg nicht auftreten lassen wollte, weil sie „dürr wie ein Zaunstecken sei".

In Offenburg besuchten wir auch öfter den alten Geck – ich ging täglich zweimal schwimmen, es war herrlich, kein Antijudenschild. Hier war ich noch nie schwimmen, Fränze einmal im Ebneter Strandbad, das Judenschild dort ist überlebensgroß. Sonntag abend kamen wir von Offenburg...[42]

BERTHOLD BRECHT, UM 1939

1898 in Augsburg geboren, gestorben 1956 in Ostberlin. Dichter, Dramatiker und Theaterschauspieler. Seine Großeltern lebten in Achern, wo Brecht sie als Kind besuchte. Über die Großmutter schrieb er die Geschichte „Die unwürdige Greisin".

Meine Großmutter war zweiundsiebzig Jahre alt, als mein Großvater starb. Er hatte eine kleine Lithographenanstalt in einem badischen Städtchen und arbeitete darin mit zwei, drei Gehilfen bis zu seinem Tod. Meine Großmutter besorgte ohne Magd den Haushalt, betreute das alte, wacklige Haus und kochte für die Mannsleute und Kinder.

Sie war eine kleine magere Frau mit lebhaften Eidechsenaugen aber langsamer Sprechweise. Mit recht kärglichen Mitteln hatte sie fünf Kinder großgezogen von den sieben, die sie geboren hatte. Davon war sie mit den Jahren kleiner geworden.

Von den Kindern gingen die zwei Mädchen nach Amerika und zwei Söhne zogen ebenfalls weg. Nur der Jüngste, der eine schwache Gesundheit hatte, blieb im Städtchen. Er wurde Buchdrucker und legte sich eine viel zu große Familie zu.

So war sie allein im Haus, als mein Großvater gestorben war. Die Kinder schrieben sich Briefe über das Problem, was mit ihr zu geschehen hätte. Einer konnte ihr bei sich ein Heim anbieten, und der Buchdrucker wollte mit den Seinen zu ihr ins Haus ziehen. Aber die Greisin verhielt sich abweisend zu den Vorschlägen und wollte nur von jedem ihrer Kinder, das dazu imstande war, eine kleine geldliche Unterstützung annehmen. Die Lithographenanstalt, längst veraltet, brachte fast nichts beim Verkauf, und es waren auch Schulden da. Die Kinder schrieben ihr, sie könne doch nicht ganz allein leben, aber als sie darauf überhaupt nicht einging, gaben sie nach und schikkten ihr monatlich ein bißchen Geld. (...)

Sie starb ganz unvermittelt, an einem Herbstnachmittag in ihrem Schlafzimmer, aber nicht im Bett, sondern auf dem Holzstuhl am Fenster. Sie hatte den „Krüppel" für den Abend ins Kino eingeladen, und so war das Mädchen bei ihr, als sie starb. Sie war vierundsiebzig Jahre alt.

Ich habe eine Fotografie von ihr gesehen, die sie auf dem Totenbett zeigt und die für die Kinder angefertigt worden war.

Man sieht ein winziges Gesichtchen mit vielen Falten und einen schmallippigen, aber breiten Mund. Viel Kleines, aber nichts Kleinliches. Sie hatte die langen Jahre der Knechtschaft und die kurzen Jahre der Freiheit ausgekostet und das Brot des Lebens aufgezehrt bis auf den letzten Brosamen.[43]

ALFRED DÖBLIN, 1945

Döblin (1878–1957) studierte Medizin, war von 1911 bis 1933 Arzt im Osten Berlins. 1933 wurden seine Werke (u. a. November 1918, Berlin Alexanderplatz) verboten. Döblin wanderte über Zürich, Paris, Spanien und Portugal nach Kalifornien aus. Er kehrte am 9.11.1945 aus der Emigration nach Deutschland zurück und arbeitete zunächst in Baden-Baden für die französische Militärverwaltung. Als Herausgeber betreute er die literarische Zeitschrift „Das goldene Tor – Monatsschrift für Literatur und Kunst", die von 1946–1951 im Verlag Schauenburg (Lahr) erschien. Später lebte Döblin wieder in Paris. Er starb im Juni 1957 in Emmendingen.

Nun fahre ich, geographisch, zurück. Am Bahnhofplatz in Straßburg sehe ich Ruinen, wie im Inland: Ruinen, das Symbol der Zeit.

Und da der Rhein. Was taucht in mir auf? Ich hatte für ihn geschwärmt, er war ein Wort voller Inhalte. Ich suchte die Inhalte. Mir fällt Krieg und strategische Grenze ein, nur Bitteres. Da liegt wie ein gefällter Elefant die zerbrochene Eisenbahnbrücke im Wasser. Ich denke an die Niagarafälle, die ich zuletzt drüben, dahinten in dem verschwundenen großen, weiten Amerika sah, die beispiellos sich hinwälzenden Flutmassen. – Still, allein im Coupé fahre ich über den Strom.

Und dies ist Deutschland. Ich greife nach einer Zeitung neben mir: Wann betrat ich das Land wieder nach jenem fatalen 3. 3. 33? Welches Datum? (Ich habe etwas mit Zahlen.) Betroffen lasse ich das Blatt sinken, betrachte die Zahl noch einmal: der neunte November. (...)

Du siehst die Felder, wohlausgerichtet, ein ordentliches Land. Man ist fleißig, man war es immer. Sie haben die Wiesen gesäubert, die Wege glatt gezogen. Der deutsche Wald, so viel besungen! Die Bäume stehen kahl, wenige tragen noch ihr buntes Herbstlaub (seht Euch das an, Ihr Californier, Ihr träumtet von diesen Buchen und Kastanien unter den wunderbaren Palmen am Ozean. Wie ist Euch? Da stehen sie.)

Hier wird es deutlicher: Trümmerhaufen, Löcher, Granat- oder Bombenkrater. Da hinten Reste von Häusern. Dann wieder (bunte Reihe) Obstbäume, kahl, mit Stützen. Ein Holzschneidewerk intakt, die Häuser daneben zerstört.

Auf dem Feld stehen Kinderchen und winken dem Zug zu. Der Himmel bezieht sich. Wir fahren an Gruppen zerbrochener und verbrannter Wagen, verbogenen und zerknitterten Gehäusen vorbei. Drüben erscheint eine dunkle Linie, das sind Berge, der Schwarzwald, wir fahren weit entfernt von ihm an seinem Fuße hin.

Dort liegen in sauberen Haufen blauweiße Knollen beieinander, auch ausgezogene Rüben. Dieser Ort heißt „Achern". Da stehen unberührt Fabriken mit vielen Schornsteinen, aber keiner raucht. Es macht alles einen trüben, toten Eindruck. Hier ist etwas geschehen, aber jetzt ist es vorbei.

Schmucke Häuschen mit roten Schindeldächern. Der Dampf der Lokomotive bildet vor meinem Fenster weiße Ballen, die sich in Flocken auflösen und verwehen. Wir fahren durch einen Ort „Ottersweier", ich lese auf einem Blechschild „Kaiser Brustkaramellen", friedliche Zeiten, in denen man etwas gegen den Husten tat. Nun große Häuser, die ersten Menschengruppen, ein Trupp französischer Soldaten, eine Trikolore weht. Ich lese „Steinbach, Baden", „Sinzheim", „Baden-Oos". Der Bahnhof ist fürchterlich zugerichtet, viele steigen um: Baden-Baden; ich bin am Ziel.[44]

Hotel Maison Messmer, Baden-Baden, ca. 1900. Aus der Hotelierfamilie stammte der Dichter Reinhold Schneider, der über den Abriß des großen Hauses das Erinnerungsbuch „Auf dem Balkon" schrieb

ANTON FENDRICH, UM 1945

(1869–1949) „Einerlei, ob Fendrich populär ist oder nicht, er ist einer der eigenartigsten und feinsten Köpfe unseres badischen Schrifttums (...), ein mutiger Kämpfer, der freiweg seine Meinung sagte, im badischen Land verwurzelt war und blieb, tolerant war gegen andere. Wer Badens Land und Leute kennenlernen will, muß auch die Werke von Badens getreuem Eckart, Anton Fendrich, lesen", so Franz Huber um 1950 in der Charakterisierung seines Offenburger Freundes, der Redakteur mehrerer sozialdemokratischer Zeitschriften war, Abgeordneter des badischen Landtages und in seinem letzten Werk „Hundert Jahre Tränen" auch über Begegnungen mit Wilhelm Liebknecht, Bebel etc. berichtete. Geboren war er in Offenburg und seine Schilderungen der Kindheit um den Klosterplatz und in der Rosengasse sind voller Witz und Romantik.

Es war immer die gleiche kindliche Überraschung, daß es eine so schöne Stadt in der Welt wie Offenburg geben könnte. Da lag sie, umringt von den alten Mauern, aus deren Fugen wilder Goldlack wuchs, und dem Kranz der Baumanlagen auf den einstigen Wällen, durchzogen von der mächtigen Hauptstraße, auf deren Pfalz mit der festlichen Lindenallee die Kaiser im Mittelalter einst ihre Turniere geritten hatten und wo auf diese Prachtstraße mit den Bauten der Markgräfin Sybille, der Frau des Türkenlouis, die engen schmucken Gässlein mündeten, von der Mittelgasse und dem Goldgäßchen und der Prädikaturgasse und der Wassergasse, alles zwischen Mauer und Mühlbach immer neu, immer schöner...[45]

OTTO FLAKE, 1955

(1880 Metz – 1963 Baden-Baden). Wuchs im Elsass auf, besuchte das Gymnasium in Colmar und studierte anschließend Germanistik, Philosophie und Kunstgeschichte in Straßburg. Seine ersten beruflichen Stationen waren Paris und Berlin als regelmäßiger Mitarbeiter der „Neuen Rundschau". 1918 ließ er sich in Zürich nieder und schloss sich dem Kreis der Dadaisten an. Zahlreiche Reisen durch Europa führten Otto Flake im Jahr 1928 nach Baden-Baden, wo er fortan mit seiner Familie lebte. Da Flake aus dem seit Jahrhunderten umkämpften Grenzgebiet Elsass-Lothringen stammte und die tragische Entwicklung in der deutsch-französischen Beziehung kannte, setzte er sich nicht nur schriftstellerisch für eine Vermittlung zwischen Franzosen und Deutschen ein und erreichte zusammen mit weiteren engagierten Persönlichkeiten, dass in Baden-Baden, dem Hauptquartier der französischen Besatzungsmacht, nach dem 2. Weltkrieg, Deutsche und Franzosen nach anfänglichen Problemen zuerst friedlich nebeneinander, später freundschaftlich miteinander leben konnten.

Flake schildert in seinem Roman „Schloß Ortenau" mehrmals ortenauische Landschaft:

Wir bogen in das Tal der Acher ein. In der Mitte lag Kappelrodeck, am Ende Ottenhöfen. Hier, am Fuß des Kammstocks, setzte Karl mich ab. Der Aufstieg begann unmittelbar. Ich folgte zunächst der Fahrstrasse; der Kehren waren viele. Das Hagebuttenrot auf ihrem Gemäuer erfreute das Auge, oben an den Steilwänden starrten die Wälder. Der Dunst wob die sanfte Melancholie des Silbers um sie. Schon nahe am Mummelsee stieß ich auf eine Kreuzotter, die sich am

Waldrand sonnte. Ich blieb stehen, betrachtete den Vipernkopf, ging weiter und erblickte die Absperrung, die den Zugang zum See verwehrte. Die Franzosen hatten Schuppen angelegt, ein Soldat hielt gelangweilt Wache. Er rief mir etwas zu, aber ich tat, als hörte ich es nicht; die fremde Uniform in Gottes freier Natur mißfiel mir. Einen Blick auf die moorbraune Farbe des Wassers konnte ich noch eben erhaschen. Seen auf tausend Meter Höhe beschäftigen die Phantasie, solange sie einsam und schwer zu erreichen sind. Der Mummelsee hatte sein Geheimnis verloren, er war mehr berühmt als schön. Ich erinnerte mich noch an den Schock, den ich, schon ein Vierziger, beim Besuch der Hornisgrinde empfand: es ging wie auf der Tauentzienstrasse in Berlin zu, in jeder Sekunde spie ein Autobus zwei Dutzend Menschen aus... Ich wanderte weiter. Der Himmel war blau wie im Tessin, der letzte September so warm wie ein Tag im Juli. Die Straße führte zum Brigittenschloß. Ich wanderte, wanderte auch, um das liebe Ich zu ordnen. Es gibt für den, der sich gereizt, entmutigt, unsicher fühlt, kein besseres Mittel als Bewegung, den Gang durch die Natur.[46]

WOLFGANG KOEPPEN, 1961

(1906–1996). Mit seinen Romanen „Tauben im Gras" und „Der Tod in Rom" erlangte er schon in den fünfziger Jahren Berühmtheit in der bundesrepublikanischen Literaturwelt. 1962 erhielt er den Georg-Büchner-Preis. „Daß Wolfgang Koeppen zu den bedeutendsten deutschen Schriftstellern der Gegenwart gehört, ja, daß er vielleicht der originellste Prosapoet, der vorzüglichste Stilist unserer zeitgenössischen Literatur ist – diese Behauptung wird die meisten Leser verwundern. Und doch gleicht sie nur einer kühnen Banalität" (Marcel Reich-Ranicki)

Ich träumte von Frankreich, von einem lieblichen Garten von Daseinsheiterkeit, von Lebenssüße und etwas freundlicher Frivolität. Mich trennte von Frankreich nur noch der alemannische Rhein. Eine Grenze? Ein Übergang und nie wieder Donnerhall, ein Locken nach Ost und West.

Das letzte Quartier auf deutscher Seite war Offenburg. Noch immer ist die Stadt großherzoglich badisch und kaiserlich napoleonisch geprägt, sie ist deutsch-französisch und französisch-deutsch, eine deutsche Garnison französischer Truppen, ein Klein-Europa und doch eine verträumte Provinzstadt voll Schwarzwaldduft und Wind aus den Vogesen. Im alten renommierten Hotel hingen von der Zeit freundlich gedunkelte Bilder der Landesfürsten und vergilbte graue Stiche vom Einzug Ludwigs XV. in Straßburg. Ein Marsfeld, Zelte, Wimpel, Reiter, Triumphbögen und viel Volk feierten den Vielgeliebten, den gottgleichen Verspieler und Zerstörer des Ancien régime, der weißen Königslilie, des großen französischen Zeitalters, der nie untergehen sollenden Sonne der Bourbonen über einer höflichen, adligen Welt französischer Kultur. Auch das Straßburger Münster war in den traditionsbehangenen Gängen des Hotels in Offenburg in alten Darstellungen zu sehen und sprach von Goethe und deutscher Baukunst und von Fausts beunruhigenden Zaubereien.

Schon der Grenze zu verwandelte sich die Landschaft in den erträumten Garten. Die Luft schien weicher, die Lebensauffassung leichter zu werden.[47]

Hotel Sonne, Offenburg, ca. 1880. Deutsch-Französischer Briefkopf.

MARIE LOUISE KASCHNITZ, UM 1970

(1901 Karlsruhe – 1974 Rom). Kaschnitz schuf in knapper, ein-dringlicher Sprache bedeutende Prosawerke und Gedichte. Nach dem Schulbesuch Buchhändlerin in Weimar, München und Rom, wo sie ihren späteren Mann kennenlernte, der als Archäologe tätig war. Nach seinem Tod lebte K. in Frankfurt. Der Tod des Mannes konn-te nur bewältigt werden durch die Vergegenwärtigung des Leidens: „Dein Schweigen – meine Stimme" von 1962 ist bis heute ein viel gelesener Lyrikband. In den späteren Gedichten dient die Sprache zur Anklage gegen die Bedrohung der Menschheit durch Technisierung und Vermassung. 1955 bekam sie den Georg-Büchner-Preis, mit der Friedensklasse des Ordens Pour le Mérite wurde sie 1967, mit der Ehrendoktorwürde der Philosophischen Fakultät der Universität Frankfurt 1968 ausgezeichnet. Kaschnitz war die Enkelin des am Großherzoglichen Hof in Karlsruhe tätigen Freiherrn von Seldeneck. Dieser hatte sich als Sommerhaus den Höllhof bei Gengenbach erworben, wo Kaschnitz als Kind mehrmals in den Ferien weilte:

Den Höllhof, einen alten Schwarzwälder Bauernhof, am Mooswald über dem Kinzigtal gelegen, hat mein Großvater zu Anfang des Jahrhunderts gekauft, als Jagdhaus für sich und als Ferienhaus für seine Kinder und Kindeskinder, es kommen jedoch meist nur die Kindeskinder, meinen Eltern zum Beispiel ist die Unterkunft zu rustikal. Vielleicht aber fällt ihnen auch des Großvaters herrisches und stürmisches Temperament auf die Nerven, dessen Ausbrüche wir Kinder hinnehmen wie Naturkatastrophen, die vorübergehen. Wir verziehen uns, ans nahe Bächle, in den Steinbruch oder zum Moosbrunnen, der am Talende sein glasklares, eiskaltes Wasser in einen bemoosten Steintrog rinnen läßt. Der Höllhof ist später abgebrannt und anders wiederaufgebaut worden, auch in andere Hände übergegangen, ich habe ihn danach nicht mehr wiedersehen wollen. So ist für mich noch immer alles beim alten, die schrägen, staubigen Lichtsäulen im mehrstöckigen Heuspeicher, die weiten Sprünge beim Versteckspiel,der starke würzige und zugleich etwas modrige Geruch. Die Schußfahrten auf dem Hörnerschlitten, nicht in Schnee und Eis, sondern auf den glatten, steilen Bergwiesen, im Rücken eine Last von frischgemähtem Gras. Die sogenannten Büttenschlachten auf dem kleinen Waldsee, bei denen wir uns in heftig schwankendem Waschzuber gegenseitig ins Wasser zu werfen versuchten. Der Geruch des Reutebrennens, bei dem frisch geschälte Eichenwäldchen in Asche gelegt werden. Der Geruch der Bücherschränke in der Halle, in denen ganze Jahrgänge von „Über Land und Meer", aber auch viele nicht für uns bestimmte Romane wie „Gina Ginori" oder „Das Geheimnis der alten Mamsell" standen. Die äußerst einfach eingerichteten Schlafzimmer, die alle auf die hölzernen Galerien hinausgingen – die drei durch schräge Treppchen verbundenen Galerien. Das angebaute Türmchen, in dem sich auf jedem Stock ein keineswegs mit Wasserspülung versehenes Klosett befand. Die Nachtwege dorthin, auf bloßen Füßen, ein wenig bange, besonders wenn der Sturm die Tannen fegen und sausen ließ oder ein Wetterleuchten den Himmel erhellte. Der Brunnen vor dem Haus, sein langer Steintrog, sein klares Wasser, in dem die Butter schwamm. Die großen Speckbrote zum zweiten Frühstück, das Glück der gemeinsamen Spiele, das Glück des

Alleinseins in einer Hängematte im Wald. Das leise Hin- und Herschwingen auf der hängenden Kegelkugel im sanften Regen. Das Glück.[48]

Höllhof bei Gengenbach, um 1950

URSULA FLÜGLER, 1978

Ursula Flügler war bis 2002 Lehrerin in Offenburg für Latein und Deutsch. 1978 erschien ihr Gedichtband „Erstes Lateinbuch". Lebt in Offenburg.

BEGRÜNDUNG FÜR EINEN WOHNORT

Nach Westen hin
lebe ich, immer
der Ebene zu-
gewendet, dem

Einfalltor für
das Licht.

Der Schwarzwald
im Rücken
bleibt unübersteigbar.

Der Dunst
über der Ebene
heißt Frankreich,

nicht mehr Feindesland.

Der Friede ist hier
ein Glück, an das man
erinnert wird

durch das
Kriegerdenkmal
in jedem Dorf

diesseits und jenseits
des Rheins.[49]

THOMAS BERNHARD, 1983

(1931-1989). Bedeutender Erzähler und Dramatiker österreichischer Herkunft. Sein Werk erschien im Suhrkamp - Verlag, dessen Verleger Siegfried Unseld den Autor sehr förderte. In Baden-Baden veranstaltete Unseld im Jahr 1983 eine Lese- und Signierstunde mit Thomas Bernhard. Im Anschluß daran erfolgte diese Episode, geschildert von der langjährigen Sekretärin Unselds, Burgel Zeeh:

Zur Belohnung lud Siegfried Unseld uns zum Mittagessen nach Straßburg ein. Nach der Reise schrieb Thomas Bernhard mir mit der breiten Baden-Badener-Feder des Mont-Blanc-Füllers, mit der er nicht ein einziges Blatt signiert hat, einen Brief, in dem er mich an das gelungene Pompes-funèbre-Menue in Straßburg erinnerte: das Restaurant lag im obersten Stockwerk eines Hauses, in dem sich unten ein Beerdigungsinstitut befand. Das gefiel ihm. „Wenn uns das Essen oben nicht bekommt", sagte er, „können sie uns unten gleich in Empfang nehmen!"

Die Reise ging übrigens noch weiter: Offenburg, so nah, wollte er wieder einmal sehen; er erinnerte sich an seine erste Lesung dort, an das „Hotel Sonne" und daran, daß er eigentlich etwas einkaufen müsse: Hosenknöpfe. Das ließ sich tatsächlich alles erledigen. Die Reise, die ewig hätte so weitergehen können, endete am späten Abend in Frankfurt.[50]

Die Idee, nach dem Mittagessen in Straßburg noch nach Offenburg zu fahren, kam ganz spontan: er sprach von seiner ersten Lesung in Offenburg, dem Hotel „Sonne", wo er gewohnt hatte und er fand, zum Abschluß der Reise müsse es einen Kaffee in der „Sonne" geben. Da wir mit dem Wagen unterwegs waren, konnte die Idee gleich umgesetzt werden.

Beim Kaffee entschlossen wir uns zu einem Spaziergang vor der Rückreise nach Frankfurt. So kamen die Hosenknöpfe ins Spiel für seine Arbeitshose in Ohlsdorf, denn ein Spaziergang mußte für ihn immer einen Grund und ein Ziel haben. Wir gingen vom Hotel aus links die Straße entlang und fanden nach zwei vergeblichen Anläufen ein Kaufhaus und auf Anhieb fanden wir auch die Hosenknöpfe: schwarz mußten sie sein, mit einer eingestampften „Inschrift"! 50 Stück hätte er am liebsten gekauft, doch gab es nur noch ein Päckchen mit sieben Knöpfen zum Preis von 0,95 DM.[51]

HERMANN KINDER, UM 1990

Geboren 1944 in Thorn, aufgewachsen in Münster i. W., studierte deutsche und niederländische Philologie und lehrt in Konstanz Germanistik und Literatursoziologie. Im März 1999 wurde er mit dem Stuttgarter Literaturpreis ausgezeichnet.

GEN OFFENBURG

Mein Hegaugrund trägt Graupelweiß
Bis zur Hemdbrustmitte herab
Still versurrt die Donau im Eis
Les fils francaises friern rot und blau
Der Tunnelbauch klirrt on the rocks
Wie winternackt die Burgruine

Ab Hornberg dann die Fenster auf
D'Alsace, Provence – wir kommen
Die Schlehe blüht, die Zwetschge hat
Ein Jungfernschnee Lenorgesicht
Im sonst so schwarzbraun Kahlen
Sieh da: Magnolien in Gengenbach
Prosit printemps und Juten Tach

HERMANN LENZ, 1992

(1913–1998). Nach dem Abitur studierte Lenz Kunstgeschichte, Archäologie und Germanistik in Heidelberg und München, war im II. Weltkrieg Soldat in Frankreich und Rußland und kam 1945 in amerikanische Kriegsgefangenschaft. Danach war Lenz als freier Schriftsteller tätig, sowie von 1951–1971 als Sekretär des Süddeutschen Schriftstellerverbandes in Stuttgart. Von 1975 bis zu seinem Tod 1998 lebte Lenz in München. 1987 erhielt er den Petrarca-Preis.

„Erzähl mal, wie es ist bei reichen Leuten. Du kennst doch diesen Urban *(= Hubert Burda. Anm. Ruch)*?"

„Der Urban kommt aus Baden, sieht aber böhmisch aus; der mit seinem schwarzen Haar. Und seine blauen Augen blitzen, wenn er sagt: Die reichen Leute wissen nicht, wohin sie gehören. Häuser haben wir da und dort.

In München wohnte Urban beim Siegestor. Das stand nachts als Lichtkoloss vor den Fenstern. Im Kamin flackerte ein Feuer neben dem Fernsehapparat.

Urban hatte eine breite, weiße, lederne Sitzgarnitur, darin versanken seine Gäste. Gut so, aber ein Alter wie der Eugen spürte im Lauf des Abends seine Wirbelsäule schmerzen, freilich nur ein bißchen. Im Bad stand bei der Dusche eine nackte Marmordame, übrigens von Renoir. Ihr war eine künstliche Haut aufgespritzt worden, damit ihr das Wasser nicht zusetzen konnte, wenn Urban sich neben ihr duschte.

Im Gang hing ein Bild, das hatte er als Achtzehnjähriger gemalt. Der hatte Sehnsucht nach Betrachtung und wollte in sich hineinschauen. Wenn er vormittags in seinem Bürohaus zur Besprechung hinunterging und an den Tisch trat, auf dem viele Entwürfe für Titelblätter seiner Illustrierten lagen, hatte er die Redakteure neben sich und mußte entscheiden. Dann ein Gespräch mit einem Politiker. Oder sein Flugzeug brachte ihn ins Badische, wo das Zentrum seines Unternehmens in einem Wolkenkratzer lag.

Er wohnte dort in einem Schlößchen am Waldrand, und vor ihm lagen die Weingärten der Rheinebene, wo sich im Herbst oft Nebel dehnte; doch war das badische Land eine milde Gegend.

Im Schlößle, einem breiten Haus, erbaut im achtzehnten Jahrhundert, führte eine Holztreppe mit geschnitztem Geländer bis unters Dach, wo Urban für sich sein konnte. Unten waren hohe Räume für Gäste und Küche. Seine Zimmer aber waren klein und im ersten rochs nach Farbe. Auf einer Staffelei stand ein angefangenes Bild. An dem malte er, hieb mit breitem Pinsel einen Akzent auf die Leinwand. nebenan standen Bücher in niederen Regalen unterm schrägen Dach. Die Geschichtensammlung Bunte Steine, das Buch Der Nachsommer und, wiederum Geschichten unterm Sammeltitel Studien, standen in ersten Ausgaben da; denn Stifter war Urbans Mann. Also hatte er sich hier eine Insel eingerichtet, wo er für sich sein konnte.[52]

RITA BREIT, 1992

Geboren 1945, Studium (Germanistik/Pädagogik/Judaistik) und Werkkunstschule (Textil); Unterrichten in Berlin; 1980/81 Literaturstipendium des Berliner Senats, dann Aufenthaltsstipendium im Atelierhaus in Worpswede; seit 1982 freie Journalistin/Schriftstellerin (NEUE ZÜRCHER ZEITUNG und Hörfunk) im Elsaß und in Baden; 1975 Leonce-und-Lena-Preis für Lyrik, 1993 Nominierung für den Egon-Erwin-Kisch-Preis.

Worin dies Tal sich unterscheidet? Im Wundrot frisch aufgeworfener Rebhänge, in schrägen Rebsteckenwäldern, Pfaden wie rostträgen Sandschlangen, die im Zirrus- und Eisgebüsch zum eigenartig schroffen Zauber des Schlosses Staufenberg kriechen. Winzer mit Gerätschaften und Traktoren anstelle der früheren Maulesel. Bauernhöfe in der Senke, die Erde drum herum wie bemalt. Dunkle Augen von Teichen. Weit hinten ein kreidebleicher Steilhang, über eine Handvoll Burgruinen gewanderte Fichtenwälder; nebenan an der Buchwälder Höhe ist im August 1938 eine Maschine der Prag-Strassburg-Linie zerschellt. 1988, als Mitterand und Kohl sich unten im renommierten Weinort Durbach trafen, brachte die Eisweinlese 104° Öchsle. Der Schlossberg ist steil. Vorm Schaffnerhaus fegt eine dunkle Frau gegen den bitteren Wind an. Eine uralte Linde trägt mit ihren Wurzeln den halben Schlosshof mit seinen Rosenstöcken und Fässern und den beiden Sandsteinwappen. Das der Staufenberger zeigt auf kippendem Kelch eine Frauengestalt im Zottelgewand, die Arme in flehentlicher Gebärde zu so etwas wie Füllhörnern erstarrt. Nachts müßte man herkommen, wenn die Sterne gleissen. Oder wenn sie verblassen. Dann schweigen die Bilder so sehr, dass sie ihre Seele blosslegen. (...)

Abendland. Die Welt schläft noch. Mägde und Blumen. An einem lieblichen Pfingstmorgen reitet der Ritter und Kreuzfahrer Peter Diemringer, ein Staufenberger, den Schloßberg hinab zur Messe nach Nußbach, da erwartet ihn auf einem Stein jene schöne Waldfrau. (Später erst wird sie zur Wasserfrau in bedrohlich schillerndem Flitterflatter, aber die ersten Holzschnitte zeigen eine im Burgfräuleinhabit, ihn mit einer Feder in den Jünglingslocken.) Die erzählt ihm, daß er von Kind auf unter ihrem Schutz gestanden und herange-wachsen sei. Und er, ach, er erkennt aus seinen Träumen die, auf die er doch lebenslang gewartet; mit kostbarer Gebärde, die Schläfen mit Schatten bewachsen. Es rührt ihn zutiefst an, er ist ihr schon verfallen oder sich selbst, hört nicht einmal zu, als sie vom Tod spricht, der auf seinen Treuebruch folgen müsste; sie beide sind einander bereits Mittelpunkt der Welt, mit jener Unbedingtheit, die von der Welt nichts mehr will. Das, was wir fühlen, ach, ist anders als das, was wir sehen.

Die schöne Grenzgängerin stammt aus der keltisch-bretoni-schen Feenwelt, schon zu Diemringers Zeit untergegangen, großzügiger als die ängstliche Menschenwelt: Bei den französi-schen Schriftstellern überwinden Liebe und Treue das Unversöhnliche, aber das Mittelalter spricht den Feen und Nymphen Beseeltheit ab. Diemringer will nichts mehr von der Welt? Die Welt um so mehr von ihm. Dem Drängen der Brüder hält er mit Leichtigkeit stand, seine Seligkeit ist vollkommener als mit irgendeiner Menschenfrau. Die Nichte, die der König ihm anträgt, ist indes nicht irgendeine; die Geliebte rät ihm zu Bekenntnis und Offenbarung und überschätzt die Menschen - und Peters Kraft. So gelingt es den Kirchenmännern, denen sie doch nur als Teufelin plausibel sein kann, den Ritter aus seinem zärtlichen Heim in die Wirklichkeit zurückzuzerren. Der Verführbare, Treulose, der aus innerster Not Vergessliche: sein Mund wird zur Wunde, ein Sprung geht durch sein Gesicht, zu helfen ist ihm nicht mehr. Bei der Hochzeitstafel stößt ein schöner weißer Frauenfuß durch die Decke, das sehen alle und machen sich davon; der Staufenberger erblickt in seinem Weinpokal ein winziges Kind mit vorgestrecktem Füßchen, begreift vielleicht, verlangt die Sterbesakramente. An seinem Grab beten die Feen- und die Menschenfrau, er ist beide Male an Treue geraten.

Das Tal muß lange im Zauber dieses Schmerzes ausgehalten haben. Lange danach soll in einem Busch wieder ein Ritter eine Mädchenstimme singen gehört haben, immer von neuem; als die Kunde davon nach Lothringen zieht, ist daraus ein Prinz geworden, die Stimme verstummt; sie wäre doch nur an ein Ungeheuer mit Namen Hans geraten, niemals imstande, das Treueversprechen zu halten.[53]

BARBARA HONIGMANN, 1996

*Geboren 1949, in Ost-Berlin aufgewachsen; nach dem Westen aus-
gereist, zunächst nach Paris, dann 1984 nach Straßburg, wo sie
heute lebt. Erhielt u. a. den Kleistpreis, und wurde bekannt mit den
Büchern „Eine Liebe aus Nichts", „Roman von einem Kinde",
„Soharas Reise". Aus diesem Roman (1996):*

In den letzten Jahren rief Simon manchmal an und sagte, er sei
auf der Durchreise hier, für ein, zwei Stunden, gerade ange-
kommen mit dem Zug, in Kehl, ich solle rasch mit den
Kindern zum Bahnhof hinüberkommen, damit wir uns sehen
könnten, als ob er es nicht wagte, selbst die Grenze zu über-
schreiten, und auf der hiesigen Seite irgend etwas zu befürch-
ten hätte.

Ein- oder zweimal hat mich ein Nachbar mit dem Auto hin-
gefahren, doch wenn ich niemanden fand, mußte ich ein Taxi
nehmen, alles stehen- und liegenlassen und die Kinder
zusammentrommeln wie bei einem Feueralarm.

Dann stand Simon in der Bahnhofshalle, neben dem
Zeitungskiosk, wir stellten uns um ihn herum auf, da hielt er
hof wie der Sonnenkönig, fragte uns aus, belehrte uns in weltlichen und natürlich besonders in religiösen Dingen, danach
rauschte er wieder ab, ohne ein Wort der Erklärung, woher er
kam, wohin er fuhr, über seine ewige Abwesenheit und warum
er eigentlich nicht mehr über die Grenze zu uns herüberkam.
Auf den Bahnsteig begleiten durften wir ihn nie. Wir haben
dann wieder kehrt gemacht und sind zu Fuß über die
Rheinbrücke zurückmarschiert, auf der immer so viel Wind
weht, daß mindestens eines der Kinder und manchmal auch

ich selbst ganz erkältet auf der anderen Seite ankamen. Hinter dem Zollhäuschen gingen wir die Treppe hinunter und nahmen den 2er Bus nach Hause zurück.

Und nun hatte er gesagt, wir würden in die Ferien fahren, ich sollte die Sachen packen, für die Kinder und für mich, und wieder nach Kehl kommen, ins Hotel „Europa", nicht zum Bahnhof, wir würden da übernachten und am nächsten Tag losfahren, mit dem Zug. Ich fragte ihn wohin, und warum wir nicht in unserer Wohnung übernachten könnten, aber er wurde gleich grob und sagte, ich solle nicht so dumm fragen und tun, worum er mich bitte. So habe ich alles zusammengepackt, einen Haufen Wäsche, Strümpfe, Pullover, Hosen, Schuhe, und jedes Kind hat noch etwas anderes angebracht, was es unbedingt mitnehmen wollte, Spielzeug und Bücher und Krimskrams. Sie haben sich so auf die Ferien gefreut. Dann sind wir mit dem Bus über den Rhein nach Kehl gefahren, im Hotel „Europa" hat er tatsächlich auf uns gewartet, und wir haben eine Nacht in diesem Hotel verbracht, in gegenüberliegenden Zimmern, er im Zimmer mit den Jungen und ich im Zimmer mit den Mädchen.

ARNOLD STADLER, 1998

Geboren 1954 in Meßkirch. Büchnerpreis 1999

Zeitlebens hatte mir Henry in Aussicht gestellt, mich, zum Beispiel, mit Hubert Burda bekanntzumachen. Vielleicht wäre mein Leben anders verlaufen. Es ist nicht geschehen. Ich habe zwar nicht ausdrücklich verlangt, daß Henry mich mit Hubert bekannt macht, darauf gewartet habe ich aber schon oft, zumal er davon sprach. „Er ist einfach reizend!" Gut, das konnte ich mir schon denken. Ich dachte, daß wir auch gut zusammengepaßt hätten, Nachbarn sozusagen, er aus der Ortenau, ich aus dem Breisgau. Auch sprachlich. Aber in einem ZDF-Interview redete er dann sehr gepflegt, mit Münchner Tonfall! Das kam mir als ein kleiner Verrat vor. Henry hat sogar behauptet, Hubert wolle schon lange auch mich kennenlernen, er habe wieder nach mir gefragt. Ich fühlte mich nach solchen Mitteilungen doch als Teil der Welt, aber umsonst: ich habe ihn bis zum heutigen Tag nicht gesehen. Die Todesanzeige, die ich ihm schickte, blieb unbeantwortet. Vielleicht hat auch Henry Hubert Burda gar nicht gekannt? Keinen Menschen habe ich also über Henry wirklich kennengelernt, wenn ich den Gerichtsvollzieher abziehe – und vielleicht mich selbst.[54]

MARTIN WALSER, 1998

Geboren 1927 in Wasserburg als Sohn eines Gastwirts. Lebt bei Überlingen am Bodensee.

Aus seinem Erinnerungsbuch an die Jugendzeit am Bodensee „Ein springender Brunnen":

Jeden Morgen fuhr Edmund mit dem Sechsuhrzug hierher. Wenn er abends heimkommt, Appell, oder er stickt. Einen Heimabend lang hat er seine Stickerei erklärt. Als er fertig war, hat er gesagt: So, jetzt könnt ihr grinsen. Von ihm hat's Edmund übernommen. Eine Firma in Offenburg schickt Postkarten, auf denen Rothenburg oder Dinkelsbühl zu sehen ist, Edmund stickt daraus ein Bild, die Firma nimmt's und zahlt. Einhundertachttausendsechshundertvierundzwanzig Stiche für Nürnberg.[55]

HELGA HEGEWISCH, 2001

Studium der Literaturwissenschaften in Lausanne und Hamburg; schreibt Gedichte, Erzählungen, Romane.

Anna Barbara erzählte, daß sich am Abend zuvor unten im Skischuppen, der durch die angrenzende Wäscherei immer ein wenig mitgewärmt wurde, ein Mann versteckt habe. Auf ihre Frage, was er denn dort mache, habe er nur geantwortet, ihm sei sehr kalt und ob sie ihm nicht etwas zu essen besorgen könne. Sie habe ihm den Rest ihres Schulbrotes, das sie noch in der Tasche hatte, gegeben, und er habe sie nach ihrem Namen gefragt. „Und du hast ihm gesagt, wie du heißt?" fragte Antonia mit wachsender Unruhe.

„Warum auch nicht. Und dann hab ich ihm noch gesagt, dass er auf gar keinen Fall hierbleiben kann. Und er hat genickt und ist aufgestanden und ganz langsam fortgegangen, den Hang runter. Und beim Gehen hat er geschwankt wie ein Schwerkranker. Und ich hatte ein schrecklich schlechtes Gewissen. Aber dann ist mit eingefallen, dass er wahrscheinlich ein Deserteur ist oder sogar einer aus diesem Lager bei Offenburg, du weißt schon. Und ich hab versucht, nicht mehr an ihn zu denken. Aber heute Mittag saß er wieder da. " (…)

„Ich wollte heute sowieso nach Freudenstadt fahren", sagte sie, „ein paar dringende Besorgungen machen. Ich nehm dich mit, dann kommst du auf andere Gedanken. Und du hast auch noch einen Bezugschein für Schuhe, die könnten wir dann auch gleich kaufen. Und wenn wir in Freudenstadt nichts Passendes finden, dann fahren wir einfach weiter nach Offenburg."[56]

Offenburg. Aquarell von Johann Jakob Sperli, 1824.
Hessisches Landesmuseum Darmstadt

NADJA EINZMANN, 2003

Die Schriftstellerin Nadja Einzmann (geb. 1974) war Stipendiatin des Jahres 2003 der Kulturstiftung Offenburg. Im Juni recherchierte sie in Offenburg für ein Buchprojekt. Dabei entstand ein Prosatext über ihre Eindrücke.

In Offenburg

Viel Sommerregen in diesen zwei Wochen, in denen ich in Offenburg sein darf, und so eine Hitze, dass durch diesen Sommerregen zu gehen, zu fahren, manchmal sehr schön ist. Wenn es nicht regnet und auch kein Regen in der Luft liegt, es einfach zu heiß ist, um zu schreiben, oder mir von dem ein oder anderen etwas über Offenburg und wie es dort einmal war und jetzt ist, erzählen zu lassen, wenn es nicht regnet also und sehr heiß ist, dann den Weg am Schwimmbad vorbei zum Gifizsee nehmen. Und dort unter den vielen Bäumen, hohen, rauschenden, alten Pinien, unter Birken zu liegen, ein Strandbad, wie es so auch schon in den Sechzigern hätte gewesen sein können, sehr friedlich und im positiven Sinne bürgerlich. So als gäbe es eine lange, lange Strandbad-Tradition hier wie etwa in Berlin, wie etwa am Wannsee, am Müggelsee. Sitzliegestühle, ordentlich aufgestellt, und ein älteres Ehepaar sitzt da, der Mann mit Schnauzbart, beide sehr gerade, die Köpfe in die gleiche Richtung gewandt und sehen dem Treiben zu. Eine Dame Mitte siebzig mit einem breiten, schwarzen Strohhut, klappt ihren ausladenden Liegestuhl zusammen, klemmt ihn resolut unter den Arm und strebt zügig und energisch ihren beiden Freundinnen voran dem Ausgang zu, dass ich sie mir sehr gut auch mit Hutschachtel, breiten Koffern und einem Gepäckträger an diesem und jenem Bahnhof in aller Welt so energisch in diese und jene Richtung fort strebend vorstellen kann. Leute also in diesem Strandbad, wie sie mit meinen Schwimmbaderinnungen gar nicht so recht zusammenpassen wollen, sehr schön und besonders das alles, das denke ich, als ich dort am Gifizsee liege und den Text gliedere, den ich vorhabe am Abend zu schreiben, und mir eine Pommes ohne alles kaufe, wie es für jeden Schwimm- und Strandbad-Besuch eine Notwendigkeit ist und in meinem unkultivierten Badeanzug noch aus den geschmacksverwirrten achtziger Jahren eine der Schwimminseln anschwimme und dann die nächste und dann unter dieser oder wieder der nächsten hindurch schwimme, das Wasser dort sehr grün, ein kleines Abenteuer. So klar dieses Wasser und riecht auch so gut, dass ich alle Offenburger um diesen See sehr, sehr beneide. Und segeln, auch darüber denke ich nach, der Bootsanlegeplatz rechts von mir. So ein handliches, kleines Segelboot würde ich mir zulegen, würde ich hier leben, um in diesem handlichen, kleinen See den Sommer über zu treiben. Darüber denke ich nach, als ich da liege, schwimme oder Pommes esse, vielleicht, weil ich mit dem Gliedern des Textes, den ich mir für den Abend zu schreiben fest vorgenommen habe, nicht recht vorankomme, und es mir scheint, als könnte vielleicht, bestimmt sogar, nur in so einem Segelboot treibend ein solcher Text gegliedert und geschrieben werden.[57]

JOSÉ F. A. OLIVER, 2003

José F. A. Oliver, andalusischer Herkunft, wurde 1961 in Hausach im Kinzigtal geboren. Er ist zweisprachig aufgewachsen, und ihm ist neben dem Spanischen und dem Deutschen auch das Alemannische vertraut. Er studierte Romanistik, Germanistik und Philosophie in Freiburg i. B. 1989 erschien sein erster Lyrik-Band „Auf-Bruch", dem weitere Lyrikveröffentlichungen folgten. 1988 Stipendiat im Schriftstellerhaus Stuttgart, 1989 Stipendiat der Kunststiftung Baden-Württemberg e. V., 1996/1997 Stipendiat der Kurt-Tucholsky-Stiftung Hamburg, 2001 Stadtschreiber der Stadt Dresden.

OFFENBURG – HAUSACH. APRIL 2003

Einatmen das zugmotiv bergmotiv & heim-
kehren / heimfahrt immerher (wie
aus dem kindsfernen nahgestrecktes
& hingespurt). Baumstreifendes
gras feld fluß & wald-
gehauenes augwerfendes augstillendes
MEHRGRÜN (zelebrierendes grün) zu hören talaufwärts
das sich herstimmt aufsagt verspricht
dem landerdigen & blau-
randoffenen hauthorizont
der luft (SEELENLUFT). Das beunruhigende
ist das tröstende. Motiv
& schöndunkler kindstag der unruh. So leicht
im lichtgrün lichtschwarz lichtblattschatten
schienen & atem & tannenschwere [58]

ANMERKUNGEN

1 Abb. in der Manessischen Liederhandschrift. Cod. Pal. germ. 848 Große Heidelberger Liederhandschrift (Codex Manesse) Zürich 1305 bis 1340 Kapitel: Herr Bruno von Hornberg Blatt: 251v

2 Asmus, Rudolf: Die Sage von Peter Staufenberg und ihre dichterische Ausgestaltung. In: Die Ortenau 6/7, 1919/1920, 1–23

3 Nach der Ausgabe: Berchtold von Bombach: Das Leben der Heiligen Luitgard von Wittichen (1291–1348). Hrsg. Arnold Guillet. Stein am Rhein 1976

4 Derkits, Hans: Die Lebensbeschreibung der Gertrud von Ortenberg. Diss. Wien 1990, 2 Bd.; Ders.: Die Vita der Gertrud von Ortenberg – Historische Aspekte eines Gnaden-Lebens. In: Die Ortenau 1991, 77–125

5 Simonsfeld, Henry: Ein venetianischer Reisebericht über Süddeutschland, die Ostschweiz und Oberitalien aus dem Jahre 1492. In: Zs. f. Kulturgeschichte, NF 4, 1895, 241–283, hier 270

6 Briefwechsel des Beatus Rhenanus/gesamm. und hrsg. von Adalbert Horawitz und Karl Hartfelder. Reprografischer Nachdruck der Ausgabe Leipzig 1886. Hildesheim 1966, 381–384

7 Münster, Sebastian: Cosmographey oder Beschreibung aller Länder, Herrschafftenn und fürnemesten Stetten des gantzen Erdbodens. Basel 1588

8 Abraham Saur: Parvum Theatrum Urbium (Stättbuch). Frankfurt 1587

9 Matthäus Merian: Topographia Sueviae, das ist Beschreib- und eigentliche Abconterfeiung der fürnembsten Stätt und Plätz in Ober und Nider Schwaben... Frankfurt 1643

10 Gedicht von 1652, abgedruckt bei: Schäfer, Walter Ernst: „Ach, so beseuffze doch mein armes Vatterland!" Johann Michael Moscherosch in Willstätt. Spuren 23, Veröffentlichung der Arbeitsstelle für literarische Museen, Archive und Gedenkstätten in Baden-Württemberg. Marbach 1993

11 Hans Jakob Christoffel von Grimmelshausen: Der Abenteuerliche Simplicissimus Teutsch. Nach der Ausgabe 1669 hg. v. Alfred Kelletat, München 1975, 487

12 Aus: Lebensgeschichte und Natürliche Abentheuer des Armen Mannes im Tockenburg. 1789

13 Dichtung und Wahrheit, Dritter Teil, Elftes Buch

14 Lauppe, Ludwig: Goethe in Lichtenau. In: Die Ortenau, 1964, 157

15 Heinse, Wilhelm: Tagebuch einer Reise nach Italien. Mit einem bio-
graphischen Essay von Almut Hüfler. Hrsg. von Christoph Schwandt.
Frankfurt 2002

16 Heinrich Sander: Beschreibung seiner Reisen durch Frankreich, die Nieder-
lande, Holland, Deutschland und Italien; in Beziehung auf Menschen-
kenntnis, Industrie, Litteratur und Naturkunde insonderheit. Leipzig 1784,
hier: Reise nach St. Blasien, um Michaelis 1781, 329 ff

17 Herzog Carl Eugen von Württemberg, Tagebücher seiner Reisen, Tübingen
1968

18 Das badische Oberland im Jahre 1785. Reisebericht eines österreichischen
Kameralisten, mitgeteilt von Bernhard Erdmannsdörfer. In: Badische Neu-
jahrsblätter, hg. v. d. Bad. Hist. Kommission. Karlsruhe 1893

19 Geographische Beschreibung der Landvogtey Ortenau und der in diesem
Landesdistrict liegenden Klöster, Schlösser, Dörfer, Flecken, Weiler, Höfe,
Thäler, Flüsse, Seen, Strassen und merkwürdigen Gegenden dann von den
drei R. Stätten Offenburg, Gengenbach und Zell am Harmerspach endlich
von dem Fleiß und Nahrungsstand der Einwohner, dem Viehstand und
den vornehmlichsten Merkwürdigkeiten von Registrator Pehem. Carlsruhe
in Maklots Hofbuchhandlung 1795

20 Karl Julius Weber: Deutschland oder Briefe eines in Deutschland reisenden
Deutschen. 1826. Neu herausgegeben Stuttgart: Steinkopf 1979

21 Gräßlin, Wilhelm: Johann Peter Hebel, Kork und das Hanauerland. In: Die
Ortenau 1967, 181–201

22 Historisch-Statistisch-Topographisches Lexicon des Großherzogtums
Baden. Karlsruhe 1814–1816, S. 29

23 Pfannenstiel, Max: Oken an den Archivrat Johann Baptist Kolb, Freiburg.
In: Die Ortenau 1956, 51

24 Goethe, August von: Auf einer Reise nach Süden. Tagebuch 1830.
München 1999

25 aus: Eduard Mörike, Werke. Band 1: Gedichte. Zürich: Atlantis

26 Josef Bader: Badenia, oder das badische Land und Volk, 2. Jg., Karlsruhe
1840, 71f

27 Anselm Feuerbach in Offenburg und Straßburg, 1842. Mitgeteilt aus unge-
druckten Tagebuchblättern, von Frank Lange. In: Die Ortenau 1936,
149–160

28 Baedeker, Handbuch für Reisende, 1842, 574

29 zit. nach Schimpf, Rainer: Offenburg 1802–1847. Zwischen Reichsstadt und Revolution. Karlsruhe 1997, 241

30 Fallersleben, Hoffmann von: Mein Leben. Aufzeichnungen und Erinnerungen. Hannover 1868, 6 Bde., hier: 1844: 212–215, 1845: 222–223

31 vgl. auch: Roth, Friedrich: Hoffmann von Fallersleben. Seine Vorliebe für die alemannische Mundart und seine Beziehungen zu Lahr. In: Geroldseckerland 29,1987, 223f

32 Stolz, Alban: Wilder Honig: Fortsetzung der „Witterungen der Seele" 1849–1864. 5. Aufl., mit dem „Wanderbüchlein aus dem Jahre 1848". Freiburg im Breisgau: Herder, 1913, 520

33 Wagner, Cosima: Die Tagebücher. Vollständ. Text d. in d. Richard-Wagner-Gedenkstätte aufbewahrten Niederschrift. Ed. u. komm. von Martin Gregor-Dellin und Dietrich Mack. Hrsg. von der Stadt Bayreuth. München, 1976–1977

34 Twain, Mark: Bummel durch Europa. Aus dem Englischen von Gustav Adolf Himmel. Frankfurt: Insel, 1997

35 zit. in Ortenauer Rundschau, 28. 9. 1935

36 Zitate aus: Schmid, Adolf: Rilke in Rippoldsau 1909 und 1913. Sympathische Seiten im Gästebuch des verläßlichen Kurtales. Freiburg 1984

37 Tucholsky, Kurt: Unser ungelebtes Leben. Briefe an Mary. Hg. v. Fritz J. Raddatz. Reinbeck 1982, 240f

38 Toronto Daily Star, 25. 4. 1923 (Übers.)

39 Hemingway, Ernest: Schnee auf dem Kilimandscharo. Reinbeck 2002, 97

40 Hausenstein, Wilhelm: Badische Reise. 1930, 68

41 a. a. O., 45–46

42 Vordtriede, Käthe: Mir ist es noch wie ein Traum, daß mir diese abenteuerliche Flucht gelang. Libelle Verlag 1998

43 Brecht, Bertold: Die unwürdige Greisin. Und andere Geschichten. Zusammengestellt und mit Anmerkungen versehen von Wolfgang Jeske. Frankfurt: Suhrkamp, 1990

44 Erstabdruck Badische Zeitung, 22. Februar 1946; zitiert nach Alfred Döblin: Die Zeitlupe. Kleine Prosa. Aus dem Nachlaß zusammengestellt von Walter Muschg. Olten und Freiburg 1962, 202–209

45 Fendrich, Anton: Rheinfahrt. München 1953

46 Aus: Flake, Otto: Schloß Ortenau. In: Flake, Otto: Werke. Hg. von Rolf Hochhuth und Peter Härtling. Bd. III, Frankfurt 1974

47 Koeppen, Wolfgang: Reisen nach Frankreich. Frankfurt: Suhrkamp 1961

48 Kaschnitz, Marie Luise: Orte. In: Gesammelte Werke, 3. Band. Frankfurt: Suhrkamp, 1982, 534. – Vgl. auch Ruch, Martin: Der Höllhof bei Gengenbach 1947–1950: „Demokratisches Erziehungsheim". In: Die Ortenau 80, 2000, 493–508

49 in: Schwarzwald und Oberrhein. Der literarische Führer. Hg. v. Hans Bender und Fred Oberhauser. Frankfurt: Insel 1993, 166

50 Burgel Zeeh, Sekretärin Siegfried Unselds von 1967 bis 2002, FAZ Sonntag, 9. 11. 2003, 24

51 Burgel Zeeh, 12. 11. 2003, Brief an Ruch

52 Lenz, Hermann: Herbstlicht. Insel Verlag 1992

53 Breit, Rita: Abendland. In: Neue Züricher Zeitung, 21. 3. 1992

54 Stadler, Arnold: Der Tod und ich, wir zwei. Frankfurt: Suhrkamp 1998, 106

55 Walser, Martin: Ein springender Brunnen. Frankfurt: Suhrkamp, 1998, 233

56 Hegewisch, Helga: Die Totenwäscherin. München: List, 2001, 364, 366

57 Badische Zeitung 19. 8. 2003, 22. 8. 2003

58 in: Mittelbadische Presse: Ortenaukreis, 6. Mai 2003

LITERATURHINWEIS

Schedl, Susanne: Straßburg als Literaturstadt: ein Grundriß in literarhistorischen Längsschnitten. Diss. München, 1995

Woltersdorff, Stefan: Die andere Frankreich-Reise: Straßburg für Leser. Ein literarischer Führer durch die Stadt und ihr Umland. Kehl, 2000.

HERAUSGEBER

Dr. Martin Ruch, geb. 1950 in Offenburg, Studium Germanistik, Geographie, Kulturgeschichte. Freier Publizist mit regional- und kulturgeschichtlichen Themen.

Veröffentlichungen (Auswahl):

Sylvia Cohn – Gedichte und Briefe. Herausgegeben von Eva Mendelsson und Martin Ruch. Offenburg 2004.

Geschichte der Stadtklinik St. Martin in Gengenbach. Gengenbach 2003

Miteinander erfolgreich handeln. 50 Jahre Markant. Eine Firmengeschichte. Offenburg 2003

Kloster- und Pfarrkirche Mariae Himmelfahrt Schuttern. Lindenberg 2003

Historischer Rundgang durch die Städte und Gemeinden der Ortenau. Schwarzwaldverlag 2003

„Ich bitte noch um ein paar Sterne." Jüdische Stimmen aus Offenburg, Bd. 2. Interviews, autobiographische Zeugnisse, schriftliche Quellen. Offenburg 2002

Der „Salmen". Geschichte der Offenburger Synagoge. Offenburg 2002.

Stadtrundgang in Offenburg. Zwischen Rhein und Reben. Offenburg 2001

Lorenz Oken. Ein Lesebuch. Offenburg 2001

Festschrift 75 Jahre Messe Offenburg. Offenburg 1999

Aus der Heimat verjagt. Geschichte der Familie Neu. Jüdische Schicksale aus Offenburg und Südbaden. Konstanz 1998

In ständigem Einsatz. Das Leben Siegfried Schnurmanns. Jüdische Schicksale aus Offenburg und Südbaden. Konstanz 1997

Verfolgung und Widerstand in Offenburg 1933–1945. Offenburg 1995

Jüdische Stimmen aus Offenburg. Offenburg 1995

Familie Cohn. Tagebücher, Briefe, Gedichte einer jüdischen Familie aus Offenburg. Offenburg 1992

Dank

Ich danke herzlich meiner Frau für die Gestaltung und Betreuung dieser gemeinsamen Sammlung. Ich danke Frau Ursula Flügler für manchen Quellentipp. Ich danke den Autorinnen, den Autoren, sowie den im Anhang genannten Verlagen für die freundliche Genehmigung zum Abdruck der ausgewählten Texte. Ein besonderer Dank geht an Herrn Franz Kook, Vorsitzender des Wirtschaftsbeirates der WRO, für sein Geleitwort, das ein Bekenntnis der Ortenauer Wirtschaft zur literarischen Landschaft Ortenau ist. Kultur und Ökonomie verstehen sich hier schließlich schon lange als die zwei Seiten einer schönen Medaille.

Freundliche Empfehlung

Wer sich nach der Lektüre dieser Literaturgeschichte einen unmittelbaren Eindruck von den Orten mittelbadisch-elsässischer Literatur verschaffen will, wer sich also auf den Weg machen möchte: die Kulturagentur Dr. Ruch bietet Literat(o)uren zu verschiedenen Themen an. Außer zu den in dieser Edition genannten Zielen im Rahmen einer Literatur-Rundfahrt durch die Ortenau führt der Weg auch zu Themen wie: Mit Georg Büchner und seinem „Lenz" durchs Gebirg. Georges Simenon und das Elsaß. Mit Goethe links und rechts des Rheins. Ein bibliophiler Rundgang durch Straßburg. Und andere Themen je nach Interessenlage oder Wunsch.
E-Mail: kulturagentur@t-online.de
Internet: www.kulturagentur.de